姚江平　秦军　著

人民法官

韩旭辉

山西出版传媒集团　北岳文艺出版社

·太原·

图书在版编目(CIP)数据

人民法官韩旭辉 / 姚江平,秦军著. -- 太原:北岳文艺出版社,2025.5. -- ISBN 978-7-5378-7100-6

Ⅰ.I25

中国国家版本馆CIP数据核字第2025KD2046号

人民法官韩旭辉

RENMIN FAGUAN HAN XUHUI

姚江平　秦军　著

//

出品人
董利斌

选题策划
高海霞

责任编辑
高海霞

书籍设计
张永文

印装监制
郭　勇

出版发行:山西出版传媒集团·北岳文艺出版社

地址:山西省太原市并州南路57号

邮编:030012

电话:0351-5628696(发行部)　0351-5628688(总编室)

传真:0351-5628680

经销商:新华书店

印刷装订:山西基因包装印刷科技股份有限公司

成品尺寸:160 mm × 230 mm

字数:170 千　印张:13.25

版次:2025年5月第1版

印次:2025年5月山西第1次印刷

书号:ISBN 978-7-5378-7100-6

定价:58.00 元

将心比心，以心暖心。

把案件判公，将人心调暖。

——题记

目　录

引　子

2024年12月4日晚，央视"宪法的精神 法治的力量——2024年度法治人物"主题节目正在播出，主持人饱含深情、直击心灵的声音响彻演播大厅：

在法治中国建设的征途中，每一年都有一些我们身边的法治工作者因公殉职，他们用热血和生命守护宪法法律权威、弘扬宪法的精神、彰显法治的力量，他们是我们这个时代的英雄，向他们致以最崇高的敬意。

……

这是暖心的法官韩旭辉，他会用群众的语言，把情讲深、理讲透、法讲明。他会把审判椅装上轮子，在百姓家门口开庭。

他坚守基层一线三十三年，可就在临近退休的那一刻，他带领同事四天的时间里，驱车七百公里，横跨三个市，审理六起案件。

他太累了，他倒下了。

……

英雄是法治社会的柱石，更是中华民族的脊梁，他们的事迹和精神是激励着我们不断前行的强大的精神力量……让我们向逝去的英雄致以崇高的敬意！

祖国和人民不会忘记你们！

韩旭辉？何许人也？

韩旭辉，男，汉族，山西省长治市上党区人，1963 年 7 月出生，2003 年 8 月加入中国共产党，1980 年 8 月参加工作，生前系山西省长治市潞州区人民法院一级法官。2023 年 3 月 8 日晚在准备第二天的庭审工作时突发心脏病，经抢救无效于 3 月 9 日凌晨不幸去世，享年 59 岁。

中央政法委（2024 年）36 号红头文件这样定论："韩旭辉同志是习近平新时代中国特色社会主义思想、习近平法治思想的忠实践行者，是新时代政法干警忠诚为民、务实担当、清正廉洁的优秀代表。"他"先后扎根基层人民法庭十七年，自觉把个人价值追求融于党的事业。他坚持和发展新时代'枫桥经验'，主动融入基层社会治理，大力推广巡回庭审，经常深入乡村社区、田间地头讲理释法，用坚守和奉献护佑一方百姓安宁，用实际行动诠释了共产党员的使命和担当。"

"2024 年度致敬英雄""全国模范法官""山西省优秀共产党员"，三项殊荣加身，分别从国家法治实践、司法职业贡献、党员政治品格三个维度，系统呈现了韩旭辉同志"用生命诠释共产党员使命担当"的献身精神。

斯人已逝，精神长存。韩旭辉法官辞世两年间，其司法实践成果持续彰显法治力量。

"五先"工作法（先坐旁听席再坐审判椅；先敲农家门再敲小法槌；先断家务事再释法理情；先摸准良心再倾听民心；先上公正轨再开效率车）显著提升案件调解撤诉率，实现政治效果、社会效果、法律效果的有机统一，成为基层司法实践的标杆，法官司法公信的榜样。

山西省委专项核查确认其三十三年从业生涯无任何投诉举报记录，印证其职业操守的纯洁性。

分秒不怠　杜先红/绘

他殉职前仍坚持四天辗转七百公里开庭办案，直至生命最后一刻仍紧握案卷，展现"功成不必在我"的司法品格。

法官是个处于社会旋涡中的职业。在审判权运行日益透明的今天，这份优异的答卷绝非偶然。从主动让渡庭长职务到扎根基层法庭十七年，韩旭辉以行动践行"用脚步丈量司法为民的最后一公里"的信念，中央政法委对其评价"让法治温度穿透裁判文书直抵人心"，恰为新时代法治精神提供了深刻注解。这种超越时空的精神力量，恰是新时代法治建设最需要的价值坐标。

"让公平正义的阳光照进人民心田。"韩旭辉，这个生长在"与天为党"的太行山巅漳河岸畔、深耕基层法庭播洒阳光雨露的人民法官，他魁梧高大的身躯，头顶一片蓝天，微笑着向我们走来。

辉照上党，法暖太行！

这个夜晚不平静

2023 年的初春，乍暖还寒，疫情管控稍微放松。一场庭审正在临汾市监狱内进行。

端坐在高背审判椅上的韩旭辉忽然感觉到胸口难受。

以前心脏犯病时，也是这样的感觉，胸口憋闷，伴随着一丝丝轻微刺痛，由胸口向外扩散，肩膀和胳膊随之会出现酸胀乏力的感觉。

医生不止一次嘱咐过，如果感觉胸口难受，就立刻服药。不管症状有没有缓解，都要及时就医，大意不得。

医生开的药放在车上，车就停在外边几十米远的空地上。

但是现在正在开庭审理案件，韩旭辉坐在审判长的座椅上，不可能抽身离开审判席去车里拿药。

似乎不是特别难受，还能坚持一会儿，韩旭辉安慰自己。又是一阵疼痛，韩旭辉忍不住轻哼一声，额头上沁出一层细密的汗珠。

坐在韩旭辉左侧的审判员李晋安察觉到韩旭辉有些异常，小声问道："韩庭长，身体不舒服吗？"

韩旭辉轻轻摇头，示意继续审理案件。

坐在审判台前面的书记员也下意识地回过头，看了看脸颊汗珠不断沁出的审判长，心里泛起一丝不安。望望窗外，他犹豫了一下，从衣兜里掏出纸巾，轻轻放在韩旭辉面前。

书记员知道，此刻正在开庭，不能离开审判席。他记得在马厂法庭工作的第一天，韩旭辉在培训会上说过，不管是审判长、审判员，还是书记员、人民陪审员，只要坐在庭审席位上，不管案件审理了多长时间，绝对不能因个人原因随便离开法庭。所以，开庭前尽量避免饮用过多的水。

书记员当时心里还不以为然，认为这话似乎有点不近人情。

随后韩旭辉又解释其中的门道：庭审进行中，原被告双方很敏感，审判员、书记员的一举一动都牵动着他们的神经。要是早上喝水多了，憋不住去趟洗手间，原被告双方可能就会怀疑这与他们的案件有关联。法官细微的举动，都会在当事人的心里引起涟漪。为了不给双方造成不必要的猜疑，庭审过程中，法官、书记员和法警必须注重细节、谨言慎行、自我节制。

如果说法官庭审有"潜规则"，这就是一条心知肚明、秘而不宣的职业准则。

书记员当然记得韩旭辉的话，也始终和大家一起遵守这条准则，专注庭审，严格约束自己。

此刻，他们并非在长治市潞州区马厂法庭，而是在距长治市一百多公里的临汾市监狱内开庭。

书记员不经意间望向窗外，几十米外的空地上停着马厂法庭的警车，他知道韩旭辉装药的手包放在车后排，自己两三分钟就能把药拿进来。

书记员再次看向韩旭辉，眼中流露出请求的神色。

韩旭辉看了书记员一眼，目光温和，却透着一股威严。

他知道书记员想干什么，也知道自己的身体状况：胸口虽仍难受，但比刚才稍微缓解，他感觉还能坚持到庭审结束。

书记员明白审判长拒绝了自己的请求，无奈地转过身，全神贯注在庭审的分厘毫丝里。

庭前右侧，坐着的被告叫刘建设，因拖欠工人工资被起诉。这不是个案，是群体讨薪案。从2016年开始，韩旭辉就开始审理这一起系列案件，经常往返于长治与临汾之间，临汾市监狱的狱警都成了他的熟人。今年已是2023年，这起群体案件还没有结束，而韩旭辉再过三四个月就要退休了。

这是他法官生涯中碰到的时间跨度最长、涉及人员最多的案件之一。

被告刘建设也早已抛弃了侥幸和抵触心理，这么多年过去了，他甚至有点盼着韩旭辉来监狱审理他的案件，这样至少能出来透透风，换个环境。看着摆在面前的证据，以前担任公司法人的时光，不再是被监狱生活模糊了的记忆，而是又一次清晰地浮现在眼前。

质证环节，刘建设有板有眼地查验着证据，工人雇佣合同上他的亲笔签名、出勤记录、车间主任签字、财务表……翻过来调过去，看每一份证据上自己的亲笔签名。他很享受质证环节这个过程。

"证据有问题吗？"书记员开口问刘建设。他不是不知道，在法庭上，书记员的职责是负责原汁原味地笔录，一般情况下是不能开口询问的，但他实在是等不了了，憋不住了，现在一分一秒都很珍贵，韩庭长还等着快快结束庭审后服药呢。

"质证是当事人的权利，被告刘建设，请你继续认真质证。"韩旭辉掷地有声地说。

刘建设看了一眼书记员，又慢吞吞地看了几遍后，回复对证据无异议。

当庭合议、宣判：被告刘建设依法偿还拖欠工人宋贵英的7000元工资。

刘建设当庭表示：无异议，服从判决。

案子平淡无奇，好似波澜不惊。其实，对于韩旭辉等人来讲，这次庭审悄然发生的不是一场虚惊，而是一次生死攸关的侥幸。

　　法庭审理结束，韩旭辉像往常一样，向狱警道一声"辛苦了"。狱警客气了几句，押着刘建设返回监号。

　　书记员来不及整理手头的文案，疾步出了监狱法庭，跑到车里取了韩旭辉的手包，又拿了瓶矿泉水，跑回来递给韩旭辉。

　　服药后，韩旭辉静坐了几分钟，离开监狱法庭，回到车上坐着，等他的同事李晋安一行。

　　过年前，就有好几起案子需要跨市出差审理，因为疫情管控的缘故，大家都出不了门，案子就暂时搁置了。过年后，疫情管理允许外出时，马厂法庭将需要出差到外地审理的案件梳理了一番，设计了一条效率比较高的出差路线，这也是最劳累的一条出差路线。

　　3月5日下午，韩旭辉庭长、李晋安审判员、三名书记员、一名司机，一行六人驾车动身赶到晋城市。第二天上午上班时间，他们准时出现在晋城市监狱，韩旭辉和李晋安分别开庭审理案件。6日下午，一行人动身赶到临汾市，7日上午到达临汾市监狱，韩旭辉和李晋安马不停蹄地开了两个庭。当天下午奔赴曲沃，次日上午，韩旭辉在曲沃监狱开庭审理案件。9日，一行人还得赶到永济市监狱开庭审理案件。

　　这时，案件的当事人宋贵英和老伴、儿子走了过来。韩旭辉下车和他们打招呼。年近七旬的宋贵英是马厂镇张庄村的村民。十多年前，她和老伴在当地一家企业打工。企业法人因经济犯罪入狱，企业随之倒闭。他们原本以为企业所欠的工资就此打了水漂。咒骂和抱怨解决不了问题，眼下还是顾生活要紧。趁着身子骨还硬朗，赶紧赚点养老钱。夫妻二人联系了在外地的亲朋好友，在水泥厂倒闭两个月之后，就外出打工去了。这一走就是好几年。去年，宋贵英听说和她情况一样的工人在马厂法庭打赢了官司，要回了血汗钱，就和老伴抱着试试看的态度到法院起诉。宋贵英不知晓她是系列劳资纠纷案第二百二十个案件的原告。

疫情防控期间，行程受阻，案子只能延期审理。期间，韩旭辉多次打电话抚慰两位老人。老人也通情达理，知道是疫情管控的缘由，反过来安慰韩旭辉："我们这点钱是小事，等能开庭了再安排开庭就行。"

放下电话，韩旭辉对书记员说："老百姓的事没小事。将心比心，要是你在水泥厂上班，或者我在水泥厂上班，辛辛苦苦赚的血汗钱一下子没了，你能觉得这是小事？来咱们马厂人民法庭立案的，看起来大都是些鸡毛蒜皮的事，但却没有一件事是小事，小事还能闹到法庭？在当事人眼里，这些都是大事，是过不去的坎儿。就说宋贵英，被拖欠工资，不得不背井离乡去外地打工，快七十岁的人了还漂泊在外，能说这是小事？"

八年间，系列案件陆陆续续开庭，宋贵英是第二百二十个原告。作为主审法官，韩旭辉为了帮老百姓要回血汗钱，操碎了心。尽管这钱的金额并不大，少则几百元，多则几千元。"老百姓的事再小也是大事。视民为天，在我们法官眼里，没有大小案子之分，只有百姓的饮食起居。小案大民生啊。"

韩旭辉一行最后一次出差审理的一共六件外地案件，其中韩旭辉主审或者担任审判长的案件有四件。临汾监狱一件，晋城监狱一件，曲沃监狱一件，永济监狱一件。虽然均是民事案件，但当事人（被告）因触犯刑法而入狱服刑。犯人也是人，也有基本权利。法律面前人人平等，法官面前，犯人也是有尊严的一方当事人，与另一位当事人平起平坐，法官一碗水端平的前提是保障双方当事人的平等诉权。

韩旭辉拍了拍宋贵英儿子的肩膀："你爸妈年龄大了，来一趟临汾也不容易，临汾附近旅游景点多，你领着他们转悠转悠。"

说话当儿，李晋安和两位书记员也出来了。告别宋贵英等人，上了车，李晋安细看了韩旭辉几眼，忍不住问道："韩庭长，是不是身体还不舒服？你要是还不舒服，我们今天就在这里住下。"就近到医院看看的话，晋安想说，但没说出口。李晋安和韩旭辉年龄相当，是多年的老搭档了，他了解韩旭辉，知道这话说了也是白说。能让他好好休息休息就是万幸了。

三十三年司法事业，二十七年法院生涯，十七年基层法庭工作经历，再过几个月，韩旭辉就要退休了；再过一年，李晋安也要退休了。韩旭辉想在退休之前，为自己的职业法官生涯画上一个圆满的句号。半年前，韩旭辉就向院党组提交申请，主动请辞了马厂法庭庭长，可手头的案件必须善始善终，因此也就有了这次特别的跨市巡回审理。毕竟是年近六十的人了，不再像年轻时那样生龙活虎，身体健康状况已经频频亮起红灯。看着韩旭辉苍白的脸，李晋安的担心溢于言表，心里的隐忧挥之不去。

韩旭辉摇了摇头，示意没事。他把头仰靠在椅背上，闭上眼睛，继续调整呼吸，细察身体的变化。

大概过了两三分钟，韩旭辉的症状开始缓解，胸闷难受的感觉逐渐消失。

李晋安一直在旁边观察着韩旭辉，见他神色逐渐正常，才稍微松了口气，但又不敢掉以轻心，继续试探着问韩旭辉："韩庭长，我们这几个案子时间排得太紧，是不是停下来休息半天？"

"明天曲沃还有个案子，结束后咱们还得去永济，事前都计划好的，监狱那边也都排了日期，哪能说改（期）就改（期）呢。今晚早点睡。"在韩旭辉的认知里，睡觉就是最好的休息，能安安稳稳地睡一觉就是幸福的享受了。

李晋安沉默了。一行人离开临汾市监狱，驱车前往曲沃。

第二天，8号上午，韩旭辉在曲沃监狱开庭审理案件。

外界的疫情管控虽然暂时放松了，可监狱是封闭空间，管理一如既往地严格。各个地区的监狱视具体情况具体对待，曲沃监狱采取视频开庭的方式来审理案件。法官在监狱外区，犯人在监狱内区，通过视频审理案件。

今天审理的是一起一房多卖的纠纷案，被告极其狡诈，看见疫情防控期间审理案件的方式不一样了，便不知道生了什么想法，矢口否认、对抗法庭。相关证据需要被告质证，被告要赖，借口视频不清，坚持要亲自审阅证据原件。

狱警从法官手里拿到证据文本，经过外区，向值班警卫报备后，进入监狱内区，再报备一次，才能见到人犯，来回一趟需要半个多小时，犯人就钻了这个空子，让狱警原路返回将文本传递给法官。来来回回，狱警被犯人折腾得够呛。韩旭辉通过视频劝告犯人，讲道理，摆事实，又点透犯人的用意，好话说了一大堆，犯人愣是吃了秤砣，铁了心要利用疫情防控期间的管控制度横生枝节。

非常时期，法官也是一点办法都没有，明明两个小时内就能结束审理的案件，一直拖到中午，还是一锅"夹生饭"。

韩旭辉看着视频里犯人狡黠的眼神，被气得够呛，这时候，胸口忽然又开始难受，韩旭辉调整呼吸，等胸口难受的症状消失后，狱警又把证据文本传递了过来。

狱警也是气得不行，虽然是春寒料峭的季节，但穿着密不透风的防护服来来回回地跑，内衣已经被汗水浸透了。

韩旭辉猛地惊醒，自己怎么能被当事人左右情绪呢？自从法考通过，被人大常委会任命为审判员以来，大大小小的案件审理了三千多起，还从来没有被哪起案件左右过情绪，今天这是怎么了？韩旭辉向狱警致歉，因为开庭让狱警辛苦了。狱警理解，不是怪法官，是犯人节外生枝，有意对抗。

看了看时间，已经快中午1点了，眼见今天的庭审是进行不下去了，韩旭辉只好宣布休庭，择期再审。回过头来又安慰了狱警一番，和李晋安、书记员、司机一起离开了曲沃监狱，赶到旅店接上另外两名书记员。

两名书记员已在12点前退了房间，守在旅店楼下，等候韩旭辉，按照事先计划，现在应该已经在赶往永济的路上了。

一行六人找了个小饭店，每人一碗面条填饱肚子，就驱车奔赴永济市。

下午5点左右到达永济市，与潞州区法院的原法官会合。明天在永济市监狱开庭审理的一起案件，需要三人组成合议庭审理，原法官主审，韩旭辉担任审判长。

到达永济没多久，已是华灯初上，大家吃过晚饭，回到旅店休息。

韩旭辉和他的书记员住一个房间。岁数大了，连续奔波了好几天，自然会疲惫，上午在曲沃监狱开庭时胸口又突然难受，韩旭辉想早点休息，早早就躺上了床。

可翻来覆去又睡不着，想着上午曲沃监狱案子审理得不顺当，难道就这样让犯人钻了空子？得想办法。

韩旭辉从床上坐起来，穿好衣裤，拿过上午审理的案卷和书记员聊了起来。

李晋安等人刚才上街逛了一圈，回旅店时，看到韩旭辉房间亮着灯，还隐隐听到里面有说话声，便敲门后进了房间。大家聚在韩旭辉的房间里聊天。这是一间二人标间，一共七个人：两名女书记员各坐一把椅子，剩下的男同志都坐在床沿。

马厂法庭已经形成了习惯，不管是谁遇到难审理的案件，都会在法庭食堂吃饭时，征询大家的意见。大家畅所欲言，集思广益，很快就能理清重点，找到解决方案。

这也是韩旭辉到马厂法庭后养成的习惯。以前，不管什么事情，大家坐在会议室里开会研究解决，后来韩旭辉发现会议上交流案情达不到预期效果，经常是些模板式的套话，问题得不到实质性解决。在食堂吃饭时，大家边吃饭边聊天，松弛的状态下反而能聊出最优的解决方案。习惯成自然，大家慢慢就形成了这样一种工作方式和氛围。因为食堂饭桌是个圆桌，大家就诙谐地给它起了个名：圆桌合议庭。

大家顺着韩旭辉的话题继续聊，法庭遇到今天这样的特殊情况，应该怎么解决。或者说，以后遇到不可控的突发情况该如何应对。

大家聊着聊着，忽然，坐在床上的韩旭辉上身前倾，脸庞浮现出一副痛苦的表情，像是被人在胸口重重地捶了一拳。

距离最近的李晋安刚看到韩旭辉脸色不对劲，还没来得及开口问话，就听到韩旭辉"啊"的一声大叫，整个人失去平衡，头朝下从床上一头栽倒在地。

韩旭辉个头一米八几，虽然不是特别胖，但也属于胖人范畴，体重二百多斤。这体重从床上重重地摔倒在地上，地板发出重重的撞击声，感觉整个房间都微微地颤抖了几下。

房间瞬间安静得有点可怕。

李晋安看着韩旭辉突然从床上摔下来，以为是没坐稳掉下来了，他赶紧过去，想要把韩旭辉扶起来，可韩旭辉的身体沉甸甸的。李晋安用尽全力也无能为力，根本搀扶不起来。李晋安觉得有点不对劲，低头细看，见韩旭辉双目紧闭，牙关紧锁，李晋安立刻有种不安的感觉，下意识地呼喊："韩庭长，韩庭长，醒醒，韩庭长……"

韩旭辉一点反应都没有。

李晋安慌了，转头向大家说："都快点过来帮忙。"

大家这才反应过来，急忙围拢过来。男同志们抱着韩旭辉的胳膊和腿，想要把他抬到床上。房间不大，床与床之间的间隙窄小，几个人站进去挪不开身子，根本用不上力。

李晋安示意大家暂停，他轻拍着韩旭辉的脸颊："韩庭长，韩旭辉，旭辉……"见没反应，便伸手用指甲死死掐住韩旭辉的人中，用力掐，嘴里不停地呼喊韩旭辉的名字。

原法官拿出手机，拨打了120急救电话，告诉急救中心住宿旅店的名称、位置、楼层和房号。

急救电话打过之后，大家手足无措，不知道怎么样才能帮上忙。

书记员李楠忽然说："我背包里有针线包。"

李晋安立刻说："快去拿针！"

李楠马上跑到她房间，匆匆拿了针线包进来，大家让开通道，她边走边从针线包里拿出针和线，来到韩旭辉面前。她刚蹲下，李晋安便抬起韩旭辉的手臂，握起韩旭辉的手掌，把五根手指头托在李楠面前。

李楠迅速用线在韩旭辉手指上用力缠绕了十几圈，见指尖被勒得肿胀起来后，捏起钢针，连起两针，扎破指尖，稍微用力一挤，黑红的鲜血大滴大滴地涌了出来。后边早已有人把纸巾递过来，把血擦拭干净，李楠再用力挤压指尖，反复五六次后，李晋安又大声呼喊韩旭辉的名字："韩庭长，旭辉，旭辉……"

韩旭辉依然双目紧闭，没有丝毫反应。

"不要用线勒指头了，就这样直接扎吧。"李晋安皱眉说道。

"那样子疼啊。"李楠心头一颤。

"顾不上了，越疼越好，疼了才能醒过来。"

李楠心一横，握住另一根手指，在指甲月牙上面的皮肉处，狠狠地扎了几针。

在长治民间，用缝衣服的钢针放血治疗，是一个久经验证的中医辅助治疗手法，很多成年女性都掌握这种手法。平时中暑，头疼头晕，靠吃药缓解症状嫌慢，就会扎针放血，只要挤出几滴血，症状就会立刻好转，经验丰富的人能通过挤出来的血液颜色和黏稠度来确定放血量以缓解症状，百试不爽。而在指甲月牙上边的皮肉上扎针，则是症状很严重时的施针，比如忽然昏厥后，在这个地方扎几针，人就能缓过气来。

李楠在韩旭辉好几根手指头上连连刺扎，韩旭辉却依然没有反应。

这时候，旁边的人早已又打了三遍急救电话，扎针是辅助缓解小症状，眼下只有去医院才是求生的希望。

正准备打第四遍电话时，医生的电话打过来了，正在上楼，打来电话确认楼层和房间。

靠近门口的人急忙冲出去跑下楼梯，接应来急救的医生。此时，韩旭辉从床上摔下来到急救医生赶来，也就十几分钟时间，众人像是度过了一个寒冬。

不一会儿，门口传来急促的脚步声，众人赶紧让出一条通道，医生拎着急救箱快步进来。李晋安急忙喊："这里，人在这里！"

医生来到韩旭辉跟前，翻开他的眼皮看了看，从急救箱里拿出听诊器、血压计等医疗器械开始检查。

李晋安赶紧从另一张床上翻过去，跑到自己的房间，穿了件外套，背上背包，返回时，医生已经检查完毕。

一位医生从床上拽下一条棉被，平铺在地板上，说："来，大家帮我们把病人抬到被子上。"

众人赶紧上前，在医生的指挥下，把韩旭辉抬到了被子上。医生指挥众人抓紧被子的四个角，把韩旭辉抬了起来，向楼下走去。这家酒店建成时间已久，没有安装电梯，医生很有经验，把被子当作担架，省力又方便。

下了楼，救护车已经开到门口，把人抬到救护车里的病床上后，医生问谁陪护病人前往医院，李晋安二话不说上了救护车："我跟着去医院，你们把东西收拾一下也快过去。"

急救车亮灯鸣笛，一路呼啸着向永济市人民医院驶去。

车内，医生拿出除颤仪通了电，李晋安帮着医生把韩旭辉的上衣解开，露出结实的胸膛。

除颤仪电极板贴紧韩旭辉的胸部，他的上身猛地弹起。又一次——再一次……重复四五次后，医生把除颤仪收了起来，启用氧气袋、听诊器、血压计、心电监护仪等设备，全面检查韩旭辉的生命体征。

李晋安提心吊胆地看着医生忙碌，屏住呼吸，生怕打扰了医生的诊治。

不大一会儿，急救车开进了永济市人民医院，直接停在急救通道，病人被直接推进了急救室。

李晋安跟着跑到急救室门前，被护士拦下："需要你的时候会叫你。"

李晋安只好等在急救室门外，心里虽然不像在旅馆那样近乎绝望无助，却也是不由自主地慌乱。

没过几分钟，同事们就赶来了，凑到李晋安跟前打听韩旭辉的病情。李晋安说正在里面抢救，具体什么情况还得等医生出来。

又过了一会儿，李晋安的情绪稍微平缓了一点，和大家说："要不你们回去吧，我在这里等着就行。"

大家哪里肯离开，都默默地站在急救室门前等着。

李晋安又对原法官说："明天你还有一起案子要在监狱里审理，你先回去休息，我在这里守着。"

原法官低头自责："怪我，要是不请韩庭长来永济市监狱坐庭审案，他就不会出事了。"

李晋安摇头："哪能怪你，韩庭长为人你又不是不知道，你就是不说，韩庭长也会问你的，他这个人就是闲不住。"

原法官："这时候说什么都迟了，只盼着韩庭长能好好的。"

李晋安点点头，忽然想起来，这么大的事儿，需要向韩庭长的家人打招呼，也得向院领导汇报一下。

李晋安走到楼道里人少的地方，拨通了潞州区法院院长王建红的电话，把事情说了一遍。

电话那边急切地问："韩庭长现在的情况怎么样，医生怎么说。"

"还在急救室，医生还没有出来。"

"你估计，韩庭长的情况严重不严重？"

"……很严重……得通知韩庭长的家人。"

"你等等，先不要这样直接告诉韩庭长的家人，想个什么办法，委婉点说。"

"要不我给郭涵墨说一声？郭涵墨和韩庭长的家人很熟，他开车拉韩庭长的家人来永济市，有个缓冲和接受的过程。"

"也行……我通知一下别的院领导。有什么情况，随时给我打电话，今晚等你的消息，我不睡觉了。"

李晋安挂掉电话，又拨通了郭涵墨的电话。

这是一个很普通的夜晚。

这又是一个不平静的夜晚。

即将进入梦乡的人儿啊，你们可曾知道，这一晚，有一颗法官的心脏骤停，有多少人的心为他遽然收紧，为他心慌意乱，血液七上八下地撞击着心扉。

今夜无眠

晚上10点多，忙活了一天的郭涵墨匆匆洗漱后，准备上床休息。放在卧室床头柜上的手机忽然响了。

郭涵墨心里咯噔了一下，这个时间点的来电，八成是非急即险，多有不测。

拿起电话，来电显示是李晋安。是和我一起在马厂法庭工作过的老同事，这么晚了来电话，有什么急事儿？

郭涵墨接通电话，李晋安焦急、沙哑的声音急促地传递进他的耳朵。

"涵墨，韩庭长心脏病犯了，现在正在急救室抢救……"

明显能听出来，受环境影响，李晋安是压着嗓子说话的。

郭涵墨心里莫名地难受、慌乱。他努力强迫自己平静心绪，调整心态，冷静下来，才开口问："严重吗？"

"严重……很严重……"李晋安的声音有些发颤。

"你现在在哪里？"

"我和韩庭长来永济市办案，现在永济市人民医院急救室外，刚给咱们院领导打过电话了……可是，韩庭长的家人该怎么通知？院领导让咱们掌握好分寸，不要惊吓着她娘儿俩。"

郭涵墨语气没有一丝犹豫："我去通知。"

"就是这个意思。你想想怎么说好。"

"韩庭长那边有什么情况，你随时给我打电话，但你不要主动说，我问你你再说，我怕万一韩庭长的妻子和女儿在我身边听到。"

"明白。"

挂掉电话，郭涵墨脑子一阵空白，好长时间才缓过劲儿来，稳定了一下自己的情绪，又琢磨了一下该怎么说这件事情，之后，才拿起电话，打给韩庭长的妻子郜鞠萍。手机无法接通，没有关机提示，处于没有信号的状态。

郭涵墨拿起电话走到阳台，打开窗户，凛冽的冷风立刻吹了进来，他再给韩庭长的妻子打电话，依然如故。

郭涵墨想了想，又给韩庭长的女儿韩雁南打电话。电话拨通了，郭涵墨松了口气，盘算着怎么和雁南说这件事情。

电话是拨通了，竟然没人接。再打，还是无人接听。

郭涵墨的心又悬了起来。关上窗户，穿好衣服，郭涵墨走出卧室，交代妻子说单位临时有事，让她先休息，别等他，便出门了。

开车赶往韩庭长家的路上，又拨了几遍电话，韩庭长妻子的电话还是没信号，她女儿的电话还是没人接。

郭涵墨心急如焚，冲着前边车速慢的车辆使劲摁喇叭，前边的车依旧慢吞吞地行驶，走到十字路口，红灯正好亮了。

前边的车摇下车窗，司机探出头来笑着看了看他，友好而抱歉地点头。

郭涵墨猛然惊醒，自己需要调整状态，以这样的状态怎么去安抚韩庭长的妻子和女儿呢？可要让自己若无其事地完全置身事外，不焦急不上头，坦然面对韩庭长的家人，太难了。

对于郭涵墨来说，韩庭长就是他的兄长、他的亲人。

郭涵墨是临汾市吉县人，1998 年从太原理工大学毕业后入伍参军，

2004年底转业，妻子是大学同学，在郊区长钢公司工作，所以郭涵墨申请转业至长治。2005年，郭涵墨正式转业至长治市，当时可以选择公检法三个单位，他选择了郊区法院。

2005年8月，郭涵墨拿着军转干部的派遣证和郊区区委组织部的介绍信来郊区法院报到。院领导接待了郭涵墨，与他聊了半个多小时，了解了郭涵墨的基本情况，发现郭涵墨对法院工作基本上是个"门外汉"，甚至对法院有一种陌生感。基于对转业军人事业心强、纪律性强的素质认知，院党组研究决定：派郭涵墨到执行局工作。

执行工作是干啥的？郭涵墨心里茫然。多年的军旅生涯和高校背景，他并不发怵。只要好好干活，边干边学，一定会干出个样儿来的。

第二天，郭涵墨早早来到院办公室。不一会儿，就听到门外有声音传进来。

是和熟人打招呼的声音。

随后，办公室的门被推开，进来一位身材魁梧壮硕的中年男人，个头看上去一米八以上，体态壮实，面相敦厚，给人一种安全感和亲和力。

那人进办公室看了一圈，目光落在郭涵墨身上。

"你是不是转业来的郭……"

"是，是我，郭涵墨。"郭涵墨赶紧站了起来。

那人微笑着过来握手："郭涵墨，你好你好，我叫韩旭辉。走，上咱们执行局。"

说完，韩旭辉就领着郭涵墨离开院办公室，到了执行局，给大家相互介绍了一遍，让郭涵墨先熟悉一下环境，并告诉他，有什么不懂的、需要了解的，多问问大家，以后都是一家人了，互相照应。

韩旭辉又从办公室抱了一摞书过来，摆在郭涵墨面前。执行局开会，会上安排郭涵墨的工作：让郭涵墨最近看看书，了解一下执行局的工作性质和学习学习应知应会的一些法律知识。

　　后来，也是郭涵墨上班之后才对郊区法院执行局的情况有了基本了解：执行局有一位正局长、两位副局长。正局长姓李，患有痛风病，去年严重了，脚疼得厉害，几乎不能下地走路，就请了长假治疗痛风。最近病情有所好转，偶尔也会来单位转转，但还是不能正常上班。一位副局长姓苗，体检时查出肺癌，需要在医院长期治疗。另一位副局长就是韩旭辉，平时基本是韩旭辉在主持执行局的工作。

　　来到执行局一个星期之后，郭涵墨第一次出任务。

　　周一上午开例会，执行局总共八个人，两个局长不在，例会上安排完工作后，四位同事外出执行，办公室里就只剩下韩旭辉和郭涵墨两人。韩旭辉冲郭涵墨笑了笑："涵墨，执行局的工作熟悉得怎么样了？"

　　"基本了解了。"郭涵墨站起来回答。

　　"那好，走，咱们今天下乡。"

　　"下乡？"郭涵墨愣了一下。

　　"对，下乡，咱现在就走。"韩旭辉说着，给司机打了电话。

　　郭涵墨大学毕业后便参军入伍，随后转业到郊区法院，对下乡毫无概念，听到韩庭长说要下乡，脑子里立刻浮现出电影电视里下乡的场面，吃住在小村庄里，交通不便，想买个日用品都难。

　　"好的，韩庭长，我去准备一下。"

　　"准备什么？"韩旭辉手里拿着法律文书，抬头看着郭涵墨，眼神里流露出疑惑不解。

　　"我去买点牙膏、牙刷什么的，毛巾也得买一条。"郭涵墨心想，估计被褥不用准备。

　　韩旭辉愣了一下，随即哈哈大笑，说："咱们下乡是去送达执行文书，不用住在村子里。"

　　郭涵墨这才知道自己想多了，讪讪地跟在韩旭辉身后，下楼坐上了一辆面包车，往城外而去。

执行局有两辆"昌河"牌面包车，这种微型面包车，车身本来就小，里面有六个座位，韩旭辉这样的大块头坐上去，车身立刻微微晃动，韩旭辉坐进后排中间，郭涵墨坐副驾驶位。市区道路沥青路面平坦好走，驶入农村的土路后，不管司机多小心，面包车都颠得厉害，郭涵墨被颠起来颠过去撞了两次头后，紧紧抓住车顶的扶手才坐得稳当了一些。

好在村里的土路也不是很远，慢吞吞地走了几里土路，面包车驶入一个小村子。司机像是来过，对村子里的路线很熟，在巷子里左拐右转，停在了一户小院落前。

韩旭辉夹着公文袋下车，郭涵墨也跟着下了车，来到院门前叫门。司机下车，弯腰检查车的底盘和轮胎。

院门开了，一个三十几岁的女人站在门口挡着，看见韩旭辉，急急开口道："我男人不在家，你们来得不是时候。"

"去哪里了？什么时候回来？"韩旭辉一边语气轻松地问道，一边缓缓步入院内。

那女人不好意思硬挡，只好闪身让韩旭辉和郭涵墨进了院子："他去外地打工了，过几个月也许才能回来。"

"去外地了？去哪里了？"

"……江苏。"女人说话的声音明显低了。

韩旭辉环视院子一圈，见西边厢房拉着窗帘，就问："谁住在那个屋子里呀？"

女人摇头："那是个空屋子，没人住，平时放点杂物。"

"你打开门让我们看看。"韩旭辉说道。

那女人说没什么好看的，就是个空屋子。

话虽如此，她脸上的神情却忽然慌乱起来，就连初出茅庐的郭涵墨，都看出那女人眼底藏着几分不自在，以及刻意掩饰的痕迹。

韩旭辉说："你开门还是我们开门？"

那女人或许是见躲不过去了，犹豫了一下，转身过去掏钥匙打开了房门。

屋子里边不大，一张桌子，两把椅子，一张床，床上躺着个人，全身蒙着一床被子，头也没露，一双男士皮鞋歪斜着放在床前。

"叫他起来。"韩旭辉指了指床上的人。

那女人倒也配合，走到床边，掀开被子，摇着床上的男人。

"快起来，有人找你。"

那男人睡眼惺忪地坐起来，迷迷糊糊地说："谁呀？"

韩旭辉大声说："我们是郊区法院执行局的。"

那男人一激灵立刻清醒了，麻利地披上上衣，穿着秋裤跳下床来，看了看韩旭辉和郭涵墨，转身穿上裤子和鞋袜。

"我们来了好几趟了，知道找你干什么吗？"韩旭辉说道。

那男人不吱声，低着头站在床边。

韩旭辉把袋子打开，从里面拿出执行文书。

那男人朝桌子走过去，快走到桌边时，猛地蹿出门外，跑到了院子里。

郭涵墨和韩旭辉均吓了一跳。作为转业军人，出于军人的本能反应，郭涵墨立刻追出房门。

那男人已经跑到了院门前，瞅见门外停着辆喷涂着法院标识的面包车，立刻转身，跑到西边低矮的院墙一侧，跳起来爬到院墙上，身子一翻跳出了院子。

郭涵墨已经跑到了院子里，见那人从院墙翻跳出去，心里犹豫了一下，看那院墙的高度有两米多，他在部队经常进行训练，这个高度的院墙对一名军人来说翻过去轻而易举，可潜意识里认为完全没有必要跟着他翻墙。

郭涵墨迟疑之间，韩旭辉已从屋里跑了出来，一只手提着公文袋，另一只手把刚才从袋里拿出来的执行文书往袋里塞。

"快追，追上他！"

韩旭辉大声喊道。

郭涵墨立马冲出院门，向西边一看，那人已经跑出去几十米远，郭涵墨拔腿紧追。

韩旭辉也从院子里跑出来，司机正在车边发愣，不知道发生了什么事，不知道该不该跟着追过去，韩旭辉把袋子扔给司机，大声交代了一句："拿好，你守在这里。"

说完，韩旭辉也向西边追去。

西边过去没几户人家，就是村边的田地，那人顺着村外的土路向西狂奔。

郭涵墨用尽全力追赶。土路两边是庄稼地，人要跑到庄稼地里怎么办？两米多高的玉米，成片成片的青纱帐，钻进去就是一个迷宫，那人是这个村的，地形肯定比自己熟悉，得再跑快一点，绝不能让他钻进玉米地。

郭涵墨脚下发力冲刺，和那人之间的距离越来越近。

那人虽然年轻力壮，体力充沛，从院子翻墙跑出来就全力狂奔，一口气跑出了几百米，越跑，感觉身上越无力，腿开始发软，渐渐有点抬不起来。自己是法院名单上的被执行人，毕竟心虚，又听到身后追赶的脚步声越来越近，心里愈发紧张，可又不敢松劲，憋着口气使劲跑，看见路边的玉米地，心思一动，想往玉米地里跑，转瞬间又放弃了这个想法。在田间小路上奔跑已经很吃力了，进了玉米地，地面都是虚的，跑起来一脚一个坑，加之密密麻麻的玉米秆的障碍，现在的体力怕是连几十米都坚持不了。

那人本就是农村人，经常下地干活，常在庄稼地里劳作，自然晓得庄稼地干活对体力的消耗，心里有所顾忌。可郭涵墨却担惊受怕，生怕那人跑进庄稼地，又发力追赶。这还真应了老百姓说的一句俗语：玉茭秆撵狼——两头害怕。

几分钟后，那人体力不支，终于坚持不住，跑着跑着停了下来，呼呼地大口喘气。郭涵墨跑到他面前，抓住他的胳膊，他也没反抗，自顾自地大口喘着气。

郭涵墨抓着那人的胳膊往回返，走了没多远，韩旭辉也跑了过来。

韩旭辉一米八多的大个头，人又壮实偏胖，这体型要猛跑着追人，那是天生的短板。

看到郭涵墨抓着人返回来，气喘吁吁的韩旭辉停下脚步，弯下腰，双手扶着膝盖，大口大口地喘气。郭涵墨走到他跟前，喊了声韩局长，韩旭辉也不说话，抬起手来冲着郭涵墨摆了摆，脸涨得通红。

过了好几分钟，韩旭辉才缓过劲来，边喘气边冲那人说："你跑什么呀？"

那人低着头不说话。

韩旭辉挺直腰板，领着二人边往回返，边和那人说："你跑什么呀，我们是法院执行局的，来给你送执行书，又不是来抓你的。"

"你以为你跑了就没事了？是不是这样想的？可是，你今天要是真跑了，躲过初一躲不过十五，对你可适用司法拘留。司法拘留是什么，你知道吗？"

那人还是不说话，小心翼翼地观察着韩旭辉，像是怕说错话就要被戴上手铐。

"小伙子，我们来和你说清楚我们来的目的，前段时间你和别人打官司，因为你欠别人五千元钱，有这回事儿吧？"

"有。"那人点点头。

"你确实是欠人家钱了，人家说几年前你急用钱，借给你五千，你也写了欠条，是这回事儿吧。"

"是这回事儿。"

"当初你急用钱，人家好心帮你，借给你钱；现在人家有事要用钱，向你要钱，你不还，人家就把你起诉到法院了。开庭审理时你也没去，法院判你还钱，你迟迟不还，这案子就转到法院的执行局了，让你还本金和同期利息。"

那人点了点头。

"你就是今天跑了，或者藏起来了，我们没见到你，这个执行书也生效，不是说你躲起来我们就没办法了，你明白吗？"

那人不吭声了。

"你要不还钱，你名下的财产房子、车、存款等就会被查封冻结，评估拍卖，凑够五千多元连本带息还给人家。"

"我们来给你送执行通知书，是想当面告诉你这件事情的严重性，不是你躲了就没事了。你明白吗？"

"明白。"那人似乎听懂了。

"那你为什么不还人家钱呀？"

"我现在没有，真的没有。几年前我雇人搞装修，工人摔伤了，我赔了一大笔钱，欠了一屁股债，是真没钱，不信你可以查我的银行账户。"

"那你为什么不去挣钱？"

"去挣钱了，这两年在外地打工，挣了点钱，刚把工人的赔偿款结清。"

"你这不是在家里睡觉吗？"

"我一直在外面打工，上个月工厂放假回来，昨天晚上应该返厂去外地，结果我和工友们到了火车站等半夜的火车时，工头打电话通知我们，让我们下个星期一返厂，我们这才折返回来，熬了一夜，实在是困了，就睡着了。"

那人说着，拿出电话，试图拨通工头和工友的电话，欲向韩旭辉当面证实他说的一切。

"欠人的钱总得还呀，当初人家也是好心帮你。"韩旭辉摆摆手，继续往下说。

"我打工挣钱就是为了尽快还钱。"那人说着，从兜里掏出个小本本来，"这是我这两年打工挣钱还钱的账本，除了每个月给家里几百元生活费，剩下的全都用于还债了。"

三人边说边走，不一会儿就回到了那人的家。

进了门，韩旭辉见院子里有水龙头，就问那人要个水杯喝点水。刚才跑了一路，肺都快跑炸了，现在嗓子眼儿火烧火燎得难受。

那人提了暖水壶倒水，韩旭辉说自来水就行，那人说不行，这时候喝冷水会呛肺，老了以后会落下咳嗽的毛病，干体力活的人都知道。

那人从厨房拿来两个不锈钢盆，将暖水瓶的热水倒入一个盆里，再端起水来倒入另一个不锈钢盆，来来回回倒了七八遍，水的温度差不多能入口了，才把水倒入杯子里，双手恭恭敬敬地递给韩旭辉，脸上挤出的笑容有讨好和道歉的意味。韩旭辉端起水杯连着喝了两杯水，又和那人聊了一会儿，了解了一些具体情况后，韩旭辉拿出执行书，让那人签了字。

准备离开时，韩旭辉对那人说："借你钱的那位债权人，我可以试着帮你沟通一下，和他说明你这边的情况，能答应延长时间还款对你们双方都好，但我也只能是帮着你们调解调解，具体行不行还要看人家。回头你也和人家说句软话，毕竟人家当初好心帮了你。有借有还，再借不难。不能因为借钱，坏了你们过去曾经结下的朋友情谊。一个朋友一条路，不要自己把事做绝，以后朋友还怎么见面？"

那人点头称是。

驱车离开村子，郭涵墨忍不住问："下乡是不是经常要这样追人？"

韩旭辉还没开口说话，司机接话说："对，只要下乡就追人，以后你可要多准备几双跑鞋。"

说着，司机和韩旭辉哈哈大笑。

郭涵墨立刻明白司机是在调笑。

"这种见面就跑的人比较少见，没想到你第一次下乡就遇上了。不过，被执行人故意规避执行，有的甚至耍赖，是常见的。"韩旭辉话头一转，夸赞起涵墨来："咱们转业军人身体素质没得说，还真让你给追上了，要是换了我，肯定追不上。被执行人一跑一躲，咱这一趟执行送达的效果就大打折扣了。"

韩旭辉又说："涵墨，咱们送执行通知书，可不只是送达这么简单，还需要尽可能地多了解被执行人的情况。刚才的那位，他以为躲了就没事了，只要不签字就没事了，咱们需要用方便他理解的话向他解释清楚，还需要了解他的经济状况。不过，他是个有担当的人，雇的装修工人摔伤了，他不仅到处借钱赔偿工人，还打工还债，不像是个赖账的，只是暂时经济条件不好。"

说着，韩旭辉从文件袋里拿出一沓文件，找出申请执行人的电话号码，拨通后向对方说明了被执行人现在的情况。接着又说，被执行人名下有房产、村委会集体产权、宅基地房产，也不能拍卖，即便是能拍卖，正常的流程下来也得几个月，为了五千元把房子拍卖了，听上去也不好听，不如你们协商一下，定个还款期限，几个月后还钱，或者每个月还多少，再支付利息什么的。当然，这只是个人建议，你要是坚持你的主张，法院也会保护你的正当权益。

一番入情入理的沟通，让申请人同意了韩旭辉的调解意见。接着，韩旭辉又给被执行人打了电话，告知他对方的态度，又交代他要理解对方，不要因此心生怨恨，要知道当初能借给你钱，人家对你很够意思了，你主动给人家赔个礼道个歉，定个还款计划，守信守诺。电话那边连连道谢并做出保证后，韩旭辉挂掉了电话。

韩旭辉转头和郭涵墨说，每个执行人，都有不同的情况，他要有钱想赖账，那就不能遂他的意了。

离开村子，驶入国道，又去了另一个村子，这个村子看上去司机没来过，在村子里走走停停，向村民们问路，在村子里兜兜转转了大半圈，才在村边角落找到一个农院改建的小型养猪场，隔着老远就闻到了养猪场的屎尿味。

郭涵墨又跟着韩旭辉下了车，来到院门口，开始叫门，左叫右叫了十来分钟也没人应答。

郭涵墨绕到养猪场南侧，爬到墙外的一棵树上向里面望去，见院子里堂屋的门都落了锁，这才明白里面是真的没人。返回来告诉韩旭辉后，韩旭辉拿出执行文书，贴在院门上，并掏出手机拍照。

离开村子返回郊区法院的路上，郭涵墨向韩旭辉请教，为什么养猪场的执行告知书不把执行人等来当面交给他，韩旭辉耐心地给郭涵墨讲解了法律文书送达的几种方式。刚才把执行告知书贴在院门上，是留置送达。

回到市里，已经快下午两点，三人在郊区法院附近找了个小饭店填饱肚子后，正好到了下午上班的时间。

郭涵墨转至郊区法院工作后，他对跟随韩旭辉首次下乡、首次执行送执行书任务的记忆格外深刻。尽管时间已过去十七八年，他仍清晰记得自己紧握着被执行人的手臂返回，途中遇到韩旭辉弯腰喘息、满脸通红的场景。

而今晚，韩旭辉在永济市人民医院急救室抢救，情况严重，揪人心肝。

执行法官

郭涵墨到了长兴北路裕丰东区的韩旭辉住处，向小区门口的门卫解释了一番后，门卫才让郭涵墨开车进去。

进了小区，郭涵墨将车停在韩旭辉的住所楼下，随即拨打电话。然而，韩旭辉妻子的电话依旧无法接通，女儿的电话也无人应答。

郭涵墨在楼门口的门禁处按下门铃，持续不断地按，但门铃毫无动静。随后他拨打电话，却发现既无信号，对方也无人接听。

郭涵墨真急了，不知道发生了什么事情。韩旭辉在急救室抢救，他的妻女却怎么也联系不上。这该怎么办才好？

郭涵墨突然发现韩旭辉家的灯亮着。

郭涵墨后退几步，冲着韩旭辉家的窗户大声喊韩旭辉妻女的名字。

夜深深，这会惊扰到小区居民，可这时候，郭涵墨实在没办法了，人命关天，他急得有点不管不顾了。

请理解韩旭辉的亲密战友郭涵墨这一刻的无奈举动吧！

"郜鞠萍……韩雁南……郜鞠萍……韩雁南……"

声音在夜色中异常响亮，甚至刺耳，但却无人应答。

郭涵墨又用力喊了几遍，额头和脖子上的青筋都暴出来了，使劲呼喊，还是没有应答。

郭涵墨简直要绝望了。

月光黯淡。他站在夜色里，抬头望着高高的住宅楼，第一次感觉和楼的距离又近又远。

他不知道该怎么办了。给院领导打电话？不行，太晚了。给李晋安打电话？不行，李晋安就在急救室外，他现在比自己还慌乱呢。

郭涵墨突然感到无助、无力、无奈。他与韩旭辉同起、同坐、同事十几年，韩旭辉即是他的领导、导师，又是他的朋友、兄长，而他现在却连这么简单的事情都处理不好。

他双手抱头，蹲在地上，眼睛却死死盯着韩旭辉家亮着灯光的窗户。

郭涵墨脑子懵乎乎的——近乎空白，不知道过了多久，突然听到手里捏着的手机铃声炸响，打破了沉寂。

啊呀！是韩旭辉女儿的电话。

"雁南，雁南，你在哪里？"他终于感觉到有一根稻草被他欣喜地攥在手里，手掌不禁微微颤抖。

"叔叔，我刚才在洗澡，才看见你给我打了好几遍电话……"

"你妈呢？"

"我妈妈去北海了。"

郭涵墨深呼吸了几下，尽量让自己的语气平和一些。

"雁南，你父亲身体不舒服，住院了。我在你家楼下，咱们一起去医院。"

"啊……"电话那边全是吃惊和疑问。

"我爸怎么了？他不是出差了吗？他还好吗？"

"还好，有医生守着呢。"

"稍等，我收拾一下。"

"雁南，你爸在永济市医院，你带点自己的随身物品。"

"好的，叔叔，我马上下来。"

不大一会儿，住宅楼的防盗门开了，韩旭辉的女儿走了出来，背了个包包，脖子上搭着一条毛巾，一头乌发湿漉漉的。

"我爸他哪里不舒服？怎么还住院了呢？"一上车，韩雁南就急切地问。

"可能是老毛病犯了。"郭涵墨开车向小区外驶去。

"老毛病？心脏病？"

女孩惊讶之余，有点担心和慌乱了，心脏病可不是小病，爸爸出差途中住院，这么晚了郭叔叔来接自己去永济市……她心里开始害怕了。

"可能是吧……对了，你妈呢？"

话刚问出口，郭涵墨意识到刚才已经问过了，去北海了，但是不管怎样，要岔开话题，不能一直往韩旭辉病情的话题上走。

"我妈现在估计正在从北海飞往上海的飞机上，说是明天回长治。"

"我说电话怎么没信号呢！"

韩旭辉的女儿韩雁南又开始打听父亲的病情。

郭涵墨模棱两可地敷衍了几句，最后实在被逼问得没办法了，推说具体情况他也不是很清楚，也是刚接到电话。

总不能说她父亲现在情况很严重，正在急救室抢救吧。雁南今年才二十几岁，别把孩子给吓着了，更何况现在的抢救结果还不得而知，韩庭长帮了那么多人，正义无私，善德福报，一定能化险为夷。

出了市区，上了高速，郭涵墨让韩雁南在后排休息一下，睡一会儿，到了医院照顾病人也需要有精力才行。

韩雁南"嗯"了一声，靠坐在后排，闭着眼，却睡不着。

郭涵墨驾驶着车，孤零零地行驶在高速路上。韩雁南在后排，没睡着。郭涵墨不敢和她说话聊天，因为不知道该说什么，看上去她很担心，万一哪句话说不对，引发她胡思乱想就不好了。想给李晋安打电话问问那边的情况，又怕韩雁南听见。

这一路，注定难熬。

郭涵墨转业到法院执行局后不久，又跟着韩旭辉出了一次任务，也是熬了一晚上。

那天下午准备下班时，执行局接到一个电话，是申请人打来的，说有被执行人的线索，被执行人购买了一批价值不菲的货物，雇了一辆大卡车运往山东，只要拦截住大卡车，就能执行回申请人的钱款，更能证明被执行人逃避执行，拒绝履行法院的判决。

了解清楚卡车的车牌号、型号后，执行局的几个人研判了行驶路线，决定立刻出发，到潞城的一处收费站堵截那辆大卡车，那里是大卡车必须经过的关卡。

四五个人立刻动身赶往潞城，向收费站的领导和工作人员说明了情况，请求协助办案，收费站表示完全配合法院工作，又在一起讨论了具体拦截方案和细节后，执行局的人员在韩旭辉的带领下，悄然分头蹲守在收费站附近，张网以待这辆大货车的出现。

左等右等，等到晚上10点多，还没有看到大货车的影子。

几个小时的静默蹲守，所有人都不敢掉以轻心。车内，两个人一组，看着一辆辆驶来的车辆，只要是大卡车，就瞪大眼睛，顶着卡车雪亮的灯光，辨识车牌号，车内其他人也不敢说话聊天，怕分散注意力，漏掉被执行车辆。

韩旭辉让郭涵墨给申请人打电话，再次确认提供的线索是否可靠。被执行人说，线索绝对可靠，那辆大卡车现在正在装货，又和申请人确认了时间，装完货物后行驶到潞城收费站，所需时间大概一个半小时。申请人郑重其事地说，他派了人专门盯着被执行人运货的大卡车，绝对错不了。

韩旭辉让大家先吃饭，被执行车辆还有一个半小时才能到，大家吃饭半个小时就足够了。

根据多年办案经验，申请人一旦发现了被执行人的线索，绝对上心，毕竟这涉及申请人的直接利益。所以，有了申请人信誓旦旦的保证后，大家在卡口附近找了个路边小饭店，让老板给每人煮一大碗面条。

面煮好了，刚端上来，拿起筷子，还没浇卤子，电话响了，申请人着急地在电话里喊，说盯梢大卡车的人搞错车牌号了，那辆被执行人雇用的车早就装上货物离开了，算算时间，现在应该快到潞城收费站了。

撂下碗筷，众人箭步赶回收费站，气还没喘匀，便看见那辆装满货物的大卡车安然驶进了收费站关卡。司机停下车摇下车窗时，一张人民法院的执法证就亮在了他面前。副驾驶座上的货主面对突如其来、从天而降的执行法官，呆若木鸡。

法网难逃。被执行人下了大卡车，坐到法院的小面包车上，被带回郊区人民法院。

已近午夜，大家只好用方便面充饥。对于执行法官来说，能用热水泡方便面，已经是高品质的用餐了。大冬天的，啃冷馒头，喝冰冰的矿泉水，甚至饿肚子，起五更，赶深夜，酷夏蚊子叮，寒冬雪天蹲，守株待兔，去寻觅执行人，是习以为常的事。

车灯扫过高速路旁的树木，讳莫如深的夜晚，涵墨思绪绵绵。

一个下午，郭涵墨在办公室整理执行档案时，走进来两位穿法院制服的陌生人。

这时候，郭涵墨已经在执行局工作一年多了，郊区法院里的人基本认识得差不多，这两位却从未见过。

两人进来，向郭涵墨出示工作证件，他们是山东某地法院执行局的，来长治办案，请求能得到长治市郊区法院执行局的协助。

两人的普通话中带着浓浓的山东口音。郭涵墨请两位同行落座，端茶倒水后，就打电话给韩旭辉。

不一会儿，韩旭辉赶来，和二人客气了几句后，聊起了案情。

长治郊区的一位客户，在山东的一家挖掘机械厂购买了一台挖掘机，运到工地开始作业几个月后，挖掘机出现了故障，给厂家打电话报修，厂家立刻派人前来维修，修理完了之后，挖掘机能工作了，但是故障并没有完全排除，还存在一定隐患。

厂家几次派人来检修，虽检测出了故障，随后又派技术工程师来，前前后后修理了好几次，但故障和隐患仍未完全消除。

新买的挖掘机，出现故障修理了好几次，虽然目前尚能正常使用，但心里还是觉得不踏实、不舒服。这位购买挖掘机的长治用户就和挖掘机厂家沟通，让厂家给予一定的经济补偿。厂家也理解买家的心情，积极和买家沟通协商，但双方在补偿的具体数额上谈不拢，一度僵持不下。

谈判过程中，这位长治的买家说，他承包的工地挖掘土方的需求量增大，还需要购买一台挖掘机，希望能以优惠价格购买，并与前一台挖掘机的赔偿不挂钩。

厂家答应了他的要求，支付定金后，厂家将挖掘机从山东发运到指定地点。挖掘机卸车后，在工地上开始试验性地挖土方。机器验收合格后，厂家要求他支付剩下的尾款。他拒绝支付厂家提供的尾款，要求厂家兑现前一台挖掘机的补偿款。

厂家这才明白，自己被设局了。厂家想要报警，但厂家的法律顾问不建议报警，这件事情存在经济纠纷，报警后警察也没有办法。于是，厂家在山东的法院起诉，案件缺席审理后判决厂家退还买家的定金，厂家将挖掘机拉回山东。

这两位山东某地法院执行局的同志前来长治执行此案，欲和厂家代表一起将挖掘机运回山东，考虑到异地执行肯定会出现一些阻力，所以请求郊区法院协助执行。

明白了事情的前因后果，韩旭辉问那两位山东法院执行局的同行，他们希望获得什么协助。说具体点，这边才能安排人手协助工作。

两位山东执行局的同志说，拉走挖掘机的时候，怕遭遇阻拦，请郊区法院执行局帮忙维护一下秩序，照应一下山东法院执行局的同志。

韩旭辉立刻说，这肯定没问题，并且是应该做的。

韩旭辉向二人介绍郭涵墨："这位是我们郊区法院执行局的郭涵墨，转业军人，执行的时候郭涵墨和另外两位同事陪护你们执行案件，维持秩序。我也去，万一有什么突发情况，我和当地的相关部门沟通。"

山东法院执行局的两位同行，立刻站起来向韩旭辉表达感激之情。

又客套了几句之后，二人告辞离去，韩旭辉安排执行事宜。

郭涵墨心有所思，问韩旭辉："韩局长，我的任务，是不是还需要保障山东法院执行局工作人员的人身安全？"

韩旭辉点头："不管哪个地方，都有护短护群的情绪，看到来执行案件的人是外地的，当事人就会抵触，万一执行现场出现了不可控场面，发生冲突，你赶紧把他们带到安全的地方，后面的事情由法警处理。"

郭涵墨想了想，想说话，又没开口。

"想说什么就说，想问什么就问，什么事还不好意思？"韩旭辉看出来郭涵墨有话想说。

郭涵墨说："如果怕执行案件时发生冲突，甚至威胁到执行人员的安全，为什么不直接让公安干警维护秩序呢？"

韩旭辉说："直接让公安去现场维护秩序，需要走很多程序，外地法院来办案，人生地不熟的不容易，再说，又不是肯定会发生冲突，只是预估可能会发生的风险。"

"全国法院一盘棋，都是为了维护法律的尊严。异地执行的难点是地方保护主义，坐地户难缠难干，当地法院有责任协助执行。"

"刚才山东法院执行局的这两位朋友，他们预估此次执行过程会很艰难，可能还会面临不可控的冲突，甚至对他们的人身安全造成威胁，这种情况下，他们首先想到向当地法院请求协助，然后才是公安。只有在执行局工作过的人，才知道异地执行有时候会很艰难，才能理解他们的处境。"

郭涵墨听着，若有所思地点了点头。

到了执行这天，郭涵墨开车拉着山东法院执行局的两位同行，还有自己的两位同事，一起赶到了执行现场。

下了车，大家全傻眼了。

现场有十几个人，一多半是年岁已高的老头老太太，剩下的也是女人居多，年轻小伙子几乎没有，那十几个人身后，是个环成一圈的土堆，土堆中间是个深深的土坑，土坑的大小正好是挖掘机的大小，土坑里，是一台挖掘机。

众人这才明白，为了阻止山东法院执行局将挖掘机运走，买家煞费苦心，特意挑选了这个地方，在地下挖掘了一个深坑，正好是挖掘机的尺寸，用吊车把挖掘机放下去，挖掘机便困在了土坑下，挖掘机放进坑内容易，起吊上来却很难。何况还有特别的"肉盾"加持对抗，这阵势还真是让人进退两难。进，是"同仇敌忾"的老人妇女；退，是国家法律的"南墙"。还有看热闹不怕事大的观众，每人都是自媒体，用手机的镜头对准现场，等待着一出刺激的好戏上演。守在土坑前的一群老头老人人，见法院执行局的人来了，立刻破口大骂，什么难听骂什么，这阵势，唾沫星子就能淹死人。

不过，郭涵墨心里也暗自思忖，不能掉以轻心，找这么多老头老太太来现场，摆明了是要碰瓷儿，就是要让执法人员有所忌惮。

山东某地法院执行局的两位法官向被执行人出具执行文书，讲解法律程序和被执行人需要承担的法律责任。

老头老太太们围过来，用污言秽语发起攻击。郊区法院执行局的同事上前一步好言相劝。

没想到郭涵墨他们一开口说话，老头老太太们听着他们是本地口音，转头开始哄闹郭涵墨等人："你们是本地人，却帮着外地人欺负本地人，吃里爬外的东西！"边骂边往郭涵墨和他的同事身上扑，三人躲也不敢躲得太快，怕老头老太太闪失摔倒；扶也不敢贴身去扶，怕被老头老太太们缠住。左躲右闪间，好不容易才从一群老人的围攻中脱身。

过了一会儿，村委会的干部和派出所民警得到消息赶来了。韩旭辉和两位山东执行局的法官，先与上述人员在旁沟通情况后，韩旭辉便和村委会的干部一同上前劝阻聚集的老头老太太们。

一个一个地劝说。

郭涵墨等人远远望着，也不知道韩旭辉和村委会领导怎么劝说那帮老头老太太的，过了一会儿，开始有人离开此地。差不多有半个小时，一半人先后离开，剩下的人也沉不住气了，在韩旭辉和村委会干部的现场劝导下，纷纷离开，现场只剩下被执行人和他的几个亲戚。

几个亲戚都是妇女，开始哭喊着撒泼。

韩旭辉向山东法院执行局的法官挥手，示意他们过去。山东法院执行局的法官又重新和被执行人沟通，韩旭辉和村委会干部没有参与他们之间的谈话，而是去另一边安抚几个妇女的情绪，那几位妇女也是察言观色，见被执行人的态度不是很强硬了，她们也停止了哭闹。

一个多小时后，被执行人终于妥协，不再僵持。

两位山东法院执行局的法官走到土坑旁边，看着土坑下被困住的挖掘机，商量把挖掘机弄上来的办法，二人商量了一会儿，向村委会干部打听了附近的挖掘机出租商的电话，把司机请过来，商量挖掘机脱困的方案，又委托挖掘机出租商雇用一辆运输卡车，将挖掘机从土坑弄上来之后装载至卡车上，再运输到山东，其间给挖掘机厂家打了两次电话，确认挖掘机脱困和卡车运输的费用。

等把挖掘机装到卡车上固定好之后，已经是黄昏时分。

忙了一天，中午守在现场回不去，每个人吃了一桶方便面。山东法院执行局的法官过意不去，提出请大家吃顿晚饭。

韩旭辉也没有拒绝，让郭涵墨先去找家不大的饭店。众人简单洗漱一下后往回返，快到市里时，郭涵墨把饭店的地址发了过来，大家按照地址寻过去，七八个人，要了八个家常菜，还特意上了两瓶地方老酒——潞酒。

席间，韩旭辉和山东法院执行局的同志沟通，后果有前因，请他们也配合做做企业的工作。老百姓东挪西借，割身上肉似的买了一台挖掘机，挖掘机却不称心如意，将心比心，体谅老百姓顾生活的难处，把那台发生纠纷的挖掘机的事情处理好，而且处理好了，也保护了商家的信誉，双赢的结局才是最佳。

宾主尽欢，主客尽兴。韩旭辉悄悄把郭涵墨叫到旁边，掏出几百元钱嘱咐他去前台把账结了。饭后，山东法院执行局的两位法官结账时，前台说已经结过了，二人瞬间明白了什么，对地主之谊、同行之情，再要谦让显得有些虚假，二人只是真诚地说，欢迎大家以后到山东做客。

执行工作是法院最艰辛的岗位之一。执行法官栉风沐雨是常态，遭遇围攻威胁也不鲜见。执行之难，让法官忧心，法院棘手。执行案件虽非案案都如硬骨堡垒，但均具难度，这是事实。正因败诉方不履行判决或耍赖对抗，胜诉方才申请执行。失信被执行人百般推诿逃避；执行法官则需多方查控、释法追堵，常疲于奔命却难见效。面对"执行难"与"执行不能"，执行法官为避免判决沦为一纸空文，依然坚定地跋涉在布满荆棘的路上。

一辆载重的大卡车超车，相向而行之时，路面震动，郭涵墨暂时收回心神。

诉讼快速道

前往永济市的高速公路上，郭涵墨不时地抬眼看后视镜，韩雁南侧靠在后排，像是睡着了，但隔一会儿就会睁开眼，看一眼窗外，随即又闭上眼睛，不知道在想什么。

郭涵墨提心吊胆，生怕李晋安这时候打来电话。李晋安的电话只要打过来，十有八九意味着韩旭辉的抢救失败。只要电话不响，就证明韩旭辉还在抢救室，或者从抢救室转到了ICU，至少还有希望。

这时候离长治只有几十公里，还没到运城市，韩雁南在车后已经悄悄地睁了七八遍眼睛。

郭涵墨不知道该怎么安慰她，只能默默开车，尽快赶到永济市人民医院。

车向前行驶，挡不住的回忆涌入郭涵墨的脑海。

2007年秋天，街道两边的银杏树叶开始泛黄时，郊区法院立案庭庭长李爱国到了退休的年龄，郊区法院需要一位新的立案庭庭长。法院的主业是审案子。一个案子在法院分为立、审、执三个阶段。立案是入口，审判居中，执行是出口。案子也是产品，一个合格产品的制作，三个环节环环相扣。

立案庭是进法院打官司的第一道门槛，是人民法院与人民群众接触最直接、最广泛、最密切的"第一扇门"。它担负着诉讼咨询、立案服务、案件送达、诉前调解、流程管理等职能。可以说它是法院案件的"调度中心"。此言不虚。立案庭庭长是关键岗位，人选至关重要。郊区法院党组决定，新任立案庭庭长的人选在法院内部竞争上岗，公平竞争，谁有能力谁干。

韩旭辉在这次竞争中脱颖而出，以绝对优势成为新任立案庭庭长。

两个月之后，郭涵墨也通过郊区法院的内部人事调整来到了立案庭。

郭涵墨到立案庭时，正是韩旭辉忙碌的时候。韩旭辉任职立案庭庭长之初，上午在立案庭大厅接待形形色色的当事人，下午则经常到各个审判庭转悠叙谈。

月余，韩旭辉敲响了院长办公室的门，把一份改革郊区法院案件流程管理的方案放在了院长面前。院长虽然心里吃惊，但还是认真审阅，并不时点头。

每个来法院参加诉讼的当事人，不管是主动还是被动，都要先经过立案庭，可以说立案庭就是法院的窗口，是法院的脸面。

人民法院，是为人民保障权益的地方，每一位来法院参加诉讼的当事人，都是人民。法院既是严肃的、神圣不可侵犯的场所，也是温馨的、像家人般支持保护当事人合法权益的地方。

立案庭工作人员的工作态度，关系到诉讼当事人对法院的第一印象。立案庭的工作节奏和效率，决定着整个法院这台机器的运转速度。

2007年，郊区法院还没有内部局域网。立案庭在录入案件信息时，采用的是人工录入的方式。案子一进法院，就会流水产生诉状、应诉通知书、举证通知书、传票、诉讼当事人权利义务告知书等一系列法律文书，原告被告一视同仁，同样的流水最少需要重复两次，而且原告被告更多的时候不是单一的。人工录入，不仅耗时费力，还容易出错。就拿开庭时间来说，就屡次出现问题。立案庭这边把开庭时间排定，需要送达两方：原、被告和审判庭。而流水线上的一个环节出现问题，就是不大不小的"事故"，只能宣布延期开庭。把所有材料准备完整，程序再重新走一趟。一来二去，一方乃至双方就会生疑，当事人就会觉得法院糊弄人，就有了意见。法院人也有苦难言，法院立案庭负责接受案件、立案、送达、排期等一大堆工作，繁琐繁忙枯燥辛苦。老虎也有打盹儿的时候，面对形形色色的案件，人工操作，出错在所难免。而当事人就不这样想了，在他这一案件的一个小小的环节出现失误，那就是100%的概率，就是草率行事，就是故意刁难，就是仗势欺人。就不是"门难进、脸难看"的说法了，而是先入为主、偏袒一方、枉法裁判的说辞了。立案庭本就存在人员不足、交通工具差等先天条件不足的问题。工作人员长期处于疲于奔命的工作状态，笑在脸上却苦在心里，即便受委屈也只能默默忍受。当事人的抱怨和审判庭的瑕疵意见形成双重压力，从这"夹板气"衍生的岗位畏惧心理，更导致队伍士气低落、人心不稳。

问题虽然是顽症，但解决问题刻不容缓。要解决这些问题，案件流程管理的信息化建设是必由之路。可对于太行山区的法院，此事非同小可，缺资金、缺技术、缺人才，谈何容易，何其难啊！

再难也得干。明知道这是一只"大螃蟹"，韩旭辉竟然硬硬地张开嘴要吃下它。

改革方案也在党组会上通过了，院里上上下下都支持韩旭辉解决审判流程改革的深层次问题，可也有人心里犯嘀咕：能行吗？疑虑归疑虑，但也乐见其成。韩旭辉这个人好学习，好琢磨事儿，接受新生事物快，新点子多，有创新意识和精神，说不定还真能给"抱回个金砖""点响个大炮"。

一天下午，韩旭辉让郭涵墨开车出去一趟。郭涵墨问去哪里，韩旭辉说去长治县县城所在地韩店。

郭涵墨心想：去长治县干什么？

若是以前在执行局，别说去长治县，就是去外省外市出差办事也是常态，可现在是在立案庭，去长治县又能有什么事情。心里虽然犯嘀咕，嘴上却没问，庭长让去哪里就去哪里呗。

到了长治县，韩旭辉指路，引导郭涵墨把车开进了长治县中小企业局。

下了车，韩旭辉领着郭涵墨进了中小企业局的办公楼，上了三楼，来到一间办公室门前。

郭涵墨见那办公室门上挂着副局长的门牌，然后跟着韩旭辉走了进去。经韩旭辉介绍，郭涵墨这才知道，这位副局长是韩旭辉的同学。

韩旭辉问那位副局长，你说的那个能人在不在？

副局长带着笑容说道，你来这儿，不是来找我这位老朋友来了。他一边说着，一边拨通了电话，让电话那头的人立刻到他的办公室来。

不一会儿，敲门声响起，一个年轻人走了进来。

这个年轻人高校毕业后曾在北京一家软件公司工作过，有过开发软件的工作经验。两年前，这个年轻人进入长治县中小企业局工作。

韩旭辉简单客气了几句，直奔主题，问那年轻人能不能开发一款软件，满足信息一次性输入、多端输出的工作需求。

那年轻人一下子就愣住了，看了一眼副局长。

副局长笑着解释，前几天的同学聚会上，偶然间说起单位的年轻人，我说你是个人才，曾经在北京大软件公司工作过，独立开发过软件，两年前因为家人要求，才返回家乡，考到咱们单位，下班后的业余时间还给北京的一些公司搞软件。我就这么说说，没想到韩旭辉庭长他有心了，非要让我介绍你给他弄款软件，当然，我只是介绍软件的需求和一些具体的细节，你们随便聊，我给你们沏茶去。

郭涵墨心想，这是韩旭辉庭长得知长治县中小企业局有这么一位会开发软件的人才，便赶紧来登门求教了。韩旭辉和那位年轻人开始细聊，那年轻人问了大方向，又问了许多细节，韩旭辉掰着手指头一件一件地细说，边说边拿笔写在纸上。

不知不觉，下班时间过去一个小时了。

韩旭辉请他的同学和那年轻人去吃饭，饭桌上又陪着喝了点酒。韩旭辉以前喝酒，但在一次体检时，检查出心脏状况不好，医生嘱咐不能饮酒，家人知道后也开始念叨，让他少喝酒、不喝酒，单位的同事们知道这事以后，也放在心上，遇到婚丧嫁娶的宴席，饭桌上肯定是要有酒水的，韩旭辉兴致之下想喝，同事们相劝，一来二去的，韩旭辉便把酒给彻底戒掉了。

郭涵墨经常和韩旭辉在一起，已有三年多没看到韩旭辉饮酒了。今天为了给立案庭开发软件系统，韩旭辉竟然又端起酒杯陪他们喝起了酒。

想必来之前就有这打算，怪不得要让自己开车，再看那位副局长同学，也帮衬着韩旭辉向那年轻人说好话。虽然他是副局长，是那年轻人的领导，但这件事情毕竟不是单位的工作，自然不能强人所难，更何况韩旭辉需要解决的问题较多，听上去难度不是一般的大。

那年轻人也不敢轻易承诺，只是答应尝试尝试。

接下来的一段时间，韩旭辉隔三岔五地就往长治县跑，去的时候带着他心里设想的审判流程改革思路，回来时带着一身的酒气。开车的人自然是郭涵墨。

那段时间郭涵墨左右为难，韩旭辉喝了酒回家，他的妻子郜鞠萍自然是不能放任不管，明知道韩旭辉心脏有毛病，戒酒好几年了，他竟然又开始喝酒，还接二连三地喝，这要喝出问题来怎么办？郜鞠萍向单位的同事们打听韩旭辉这段时间的行踪，他为什么频繁喝酒？

郭涵墨接到郜鞠萍的电话，他先是推说正在办案，挂掉电话想了很长时间，才回拨电话，委婉地说清了事情的来龙去脉。

从内心讲，他是站在郜鞠萍这边的，但也要为韩旭辉开脱。于是，郜鞠萍开始和韩旭辉吵架。

第二天，郭涵墨开车载着韩旭辉去长治县时，韩旭辉侧脸看着郭涵墨说："是不是你小子告我的状？"

"是。"郭涵墨坦然回答，既然敢说就敢承认。

"你还长本事了，你嫂子昨晚和我吵吵闹闹的，想着问题就是出在你这里。"

"嫂子是为你好。"

"为我好？让她给我搞出个软件来，要不你给咱搞出个软件！"

郭涵墨不敢接话了。

过了一会儿，韩旭辉才又说道："快了，用不了多长时间软件就能做出来了。"

二人到了长治县，接上那年轻人，返回郊区法院，在立案庭待了一天，把法院的工作流程详细地介绍了一遍，让那年轻人亲自观摩甚至上手体验了一番，那年轻人好像有点顿悟的感觉。

过了几个月，那年轻人终于打电话说，软件搞出眉目了。

韩旭辉马上带那年轻人来到立案庭，把软件安装到几台电脑里，立案庭的工作人员边听那年轻人的讲解，边轮流在电脑上操作，看到电脑里原被告相关信息自动索引显示，案件排期登记，局域网信息同步，大家都激动坏了，以后的工作就简单多了，再也不用担心出错，并且使用起来特别简便顺手，工作效率的提高简直不可同日而语。

大家连连称赞，韩旭辉也向那年轻人表示感谢。那年轻人说，其实只有软件的使用者，才能够真正知道哪些功能是实实在在地提高效率，而我，只是按照要求写代码而已。要论功劳，韩庭长几乎充当了这款软件的策划、设计、架构、前端等所有角色。

谈及报酬，那年轻人有点不好意思地说："按照开发软件的市场行情，这款软件的开发费用大概在五万元，我这块的报酬，您给五千就行了。"

"好说，好说。"韩旭辉当即答应，这个价格比原来预估的价格要低很多。

韩旭辉又把领导请到立案庭，现场演示了一遍。然后又向领导提出增加打印设备的请求，几个人在讨论打印设备的功能时，才发现没有电子签章，大家又商量，最后决定购买一台票据打印机，先在打印纸上盖好公章，然后再打印。

看似麻烦的步骤，在当时的技术条件下，却是最好的途径。

韩旭辉在立案庭庭长这个工作岗位上实现了一次"弯道超车"。

有了"长治市郊区人民法院立案信息与文书系统"，原被告信息只需要录入一次，系统就会根据信息嵌入统一模板，自动生成固定文书格式，方便快捷，功效翻倍。在此基础上，韩旭辉在全市率先提出并实行"大立案"模式，统一立案、统一送达、统一排期开庭、统一审限跟踪。之后，又率先在全市法院采取邮寄送达方式解决"送达难"问题，促进了立案、审判、执行工作的良性循环。

郊区人民法院审判流程管理系统于2009年初正式投入运行。手工操作变成了网上运行，全程留痕，各个环节清晰可见。科技的加持是革命性的，其效率的提高是不言而喻的。院里上下都对韩旭辉竖起大拇指："老韩真是一颗好钉子，钉在哪里都会大显神通、大放异彩。"

而老韩这颗"钉子"作用的凸显，也是中国司法改革的一个缩影。从1999年到2014年，国家层面共出台了三个"五年司法改革纲要"。"大立案"的概念是在"一五司法改革纲要"末期提出的，而在太行山上生根开花已经是"二五司法改革纲要"实施的末期。慢了？迟了？这在发达地区诸如北京、上海、广州、深圳都已成寻常事务，我们却如获至宝似的欢呼。不管怎么样，我们也是修通了一条诉讼快速路，上了快车道，进入了共和国司法改革的勇进方队。

老韩在立案庭工作了五年之后，这颗"钉子"又有了新的用武之地，在这片新的"广阔天地"里，他一干就是十年。播下的一颗颗优良种子，生机勃发，五谷丰登。

前面的一辆车行进缓慢，郭涵墨毫不迟疑，手脚并用，果断实现了一次弯道超车。

车灯明亮，冲破夜幕。

女儿韩雁南

韩雁南此刻哪里能睡得着？父亲的形象一直在她眼前晃动：高高大大，和蔼可亲，匆匆的步履，高大模糊的背影。

从她记事起，父亲就是个大忙人。

上幼儿园和小学，常常是妈妈接送自己。学校开家长会，十有八九还是妈妈参加。这说起来也很正常，这是每个中国家庭的共性，是每个中国女性伟大的付出。韩雁南也没觉出什么，好像这都是天经地义的。可是，她小小的心灵里也犯嘀咕：怎么别的小朋友是爸爸妈妈一起或者经常是爸爸接送的呢？她又纳闷：爸爸早出晚归，在干啥？有时候，看着爸爸穿着制服，特别是爸爸早期还戴着大盖帽，衣服上还有肩章，像军人不是军人，像警察不是警察。妈妈告诉她，你爸爸是法官，在法院工作。法官，法院。法院，法官，到底是做啥的，她并不知道。但她想过，爸爸肯定是在干着很重要、很伟大的事业，要不，国家给他发的衣服都是那么威武，再加上爸爸的大个子厚身板，更是英武。有一次，爸爸在家，她拿过爸爸的大盖帽，戴在头上。帽大头小，一松手就"啪嗒"一声掉落在水泥地上。哎呀，给爸爸摔坏帽子了。她小脸"唰"地红了，赶紧弯腰去捡。爸爸"嚯"地起身，疾步来到她面前。坏了，这是爸爸的珍爱之物，或轻或重，都可能因此受到责备甚至挨打，这应该是大概率的事。爸爸捡起帽子，用手掸了掸，还吹了吹。然后，端端正正地给她戴到头上，一手扶着帽子，一手拉着韩雁南，来到大衣柜的穿衣镜前，笑眯眯地说："看我闺女戴上这帽子，更好看喽。"刚从惊吓里走出来的韩雁南，父爱的温暖让她情不自禁地扑到爸爸的怀里："爸爸——"

这样的时刻，在韩雁南的成长历程里弥足珍贵。

我的好爸爸。韩雁南喃喃自语。

爸爸在偏远的基层法庭工作，韩雁南起床时，父亲已经走出家门去往三十里外的单位了；夜里写完作业要睡觉时，父亲或者还在回家的路上，或者夜宿法庭，在翻阅案卷或者写判决书。她想起了2014年的除夕夜，马厂法庭暖气管道漏水的事。当时，接到电话的爸爸，在万家灯火鞭炮声声的冬夜，孤身赶到几十里外的法庭。小雁南和妈妈冷冷清清地看着晚会。《难忘今宵》的尾曲都响起了，还是不见爸爸的身影。今宵难忘，难忘今宵啊。

因为在学校好不容易得到一次高分，雁南坐在沙发上等着爸爸回家与她共享喜悦。可是，一等再等，等得她实在困得不行，迷迷糊糊地靠着沙发睡着了。

节假日了，别人家的孩子有爸爸妈妈陪着去公园去野游，妈妈叹息着说："你爸爸忙着呢，忙得连咱家的水电费在哪交都不知道……"妈妈有时无奈地调侃："你爸做的是大事业，咱这小生活里的油盐酱醋，根本入不了人家的法眼。"

爷爷奶奶病重，住在市里的医院。爸爸是家里的长子。可是法院工作繁忙，爸爸白天工作，晚上赶来医院陪护。病情加重的爷爷晚上平躺难以入睡，爸爸就用他宽大的身躯抱着爷爷一整晚，想让爷爷减轻病痛，尽量舒服点，能安安稳稳地睡着。他以一己之力的强撑就是为了爷爷的一宿好觉，他就是这样在尽其所能的情况下给家人一些补偿。心情焦虑，劳累过度，让爸爸因超负荷工作导致的心脏疾病犯了，坐卧不安的痛苦并没有阻挡父亲工作的脚步。最终，在医生的严厉警告下，他不得不强迫自己在医院多待了几天。韩雁南晕血，她心疼地看着护士给爸爸扎针，看着输液管里暗红的血，她"啊"了一声晕过去了。至此，爸爸多次输液，都是妈妈陪伴在侧。雁南为此内疚，爸爸却安慰她："你是我和你妈的贴心小棉袄，我们老了，有你陪伴的时间。"此刻，雁南想：但愿老爸能渡过难关，我好好地陪伴陪伴他。他和妈妈前些日子还做过旅游攻略，到那时，我也一起去。一家三口，好好地乐呵乐呵。想到这里，韩雁南嘴角露出了一丝甜蜜的微笑。可是，仅仅是一瞬间，她就忧心忡忡了。这个一心扑在工作上的爸爸，总是给家人包括他自己带来诸多遗憾。

2017年，韩雁南要到外地参加艺考。在这人生的关键节点，独生女儿多么需要一个坚实的臂膀和一双温暖的大手来呵护她。"父亲是那登天的梯。"艺考之前，旭辉拍着胸脯对女儿信誓旦旦地说："你负责好好考试，我负责后勤保障，一定让你满意。"原本有些焦虑的雁南，因爸爸的一席话，顿觉清风扑面，信心满满。出行当天，妈妈一边往父女俩的行李箱里塞着苹果，一边叮咛路上小心，把握好时间，不要误车，不要误事。这时，韩旭辉接起一个电话，看他接打电话的神态，雁南和妈妈思忖：又出变故了，他的法官老爸（丈夫）又要爽约了。果不其然。雁南此刻禁不住泪水夺眶而出："我不想再听什么群体性的案件需要马上到现场处理，我只想问问爸爸，在你的世界里有那么重要的事儿，那些素不相识的外人，让你上心，让你看重，让你倾尽心血，我和妈妈算你的什么人？还是你的亲人吗？还需要你的爱护和帮助吗？"可是，爸爸说了一句抱歉的话，就急急忙忙地赶赴他的工作岗位了。那个时候，雁南的妈妈刚刚病愈出院，还在康复期。无奈，考试的日子还是妈妈拖着病体陪她奔波多处考点。雁南一个时期对爸爸有一肚子的怨言，父女关系一度微妙而紧张。

其实，私下里，爸爸是她母女俩的中心话题。爸爸的忙碌，爸爸的付出，爸爸的劳累，爸爸的疲惫，母女俩看得最多，体会最深。爸爸的身体早就亮起了红灯，妈妈常常催他去检查治疗，可母女俩听到最多的一句话就是"等我忙完这一阵子。"可这一阵子还没忙完，其他的事儿又在等着他去忙。妈妈无奈："你爸啊，生在忙时辰，天生就是个忙命。"爸爸听了，哈哈一笑，就给她娘儿俩一次次地画大饼："我快退休了。退休了，有的是大把大把的时间。这大把大把的时间，我把阳台收拾一下，咱们在家里多养点花；咱们外出旅游——骑行，自驾，看大好河山，赏四季美景，品天下美食。你爸的摄影水平还行，给你们当专职摄影师。"

爸爸是个热爱生活的人：他爱唱歌，爱朗诵，爱旅行，爱摄影，爱美食。他对自己退休后的生活做了很多规划和畅想。妈妈私下和雁南说："你爸其实心里最放不下的是他的法官事业。听说，在他主动让出法庭庭长位置后，潞州区法院党组在为他召开的'韩旭辉法庭工作十六周年座谈会'上，他表态还要继续发挥余热，而院领导也透露信息，让他协助做些人民陪审员、人民调解员方面的培训工作。你爸啊，这辈子心里装的是一种事业。他能闲下来照顾照顾自己的身体就是咱韩家人的福气了。"

是啊，她记起，2018年，一家三口仅有的一次远足旅行，就是去了中国最北端——漠河。到达漠河的第二天早晨，爸爸身着法官正装，像在工作岗位参加正式活动一样，佩戴法徽，带着她娘儿俩来到一个小院的一座小楼前：漠河人民法庭。太阳照在爸爸兴奋的脸上，爸爸喜气盈盈地对身边的妻女说："我终于找到了中国最北边的法庭。就和我们马厂法庭一样。"爸爸高兴得像个孩童："来，我们一家在这里照个相，我还要单独和漠河法庭合影，太有意义了。"

雁南后来彻底理解爸爸，是在爸爸的"美篇"里看到一首诗：

有一种爱，是无言的，

有一种爱，是默默的，

有一种爱，是深沉的。

……

纵使你走遍千山万水，

也不要忘记回头看一眼，

其实爸爸一直在身边，

无声地给你前行的力量！

现在，爸爸正在一百多公里外的医院接受紧急抢救，生死未卜。真心希望父亲能够安全渡过难关。

心烦意乱，雁南将视线转向车窗外。

夜幕深沉。天际挂着几颗璀璨的星星。

父亲总是喜欢仰望星空。不知天上的哪颗星星是属于父亲的呢？

郜鞠萍沪晋飞车

车行至高速路晋城服务区时，郭涵墨把车驶入了服务区。

离开长治时，郭涵墨给韩旭辉的弟弟和两个妹妹打了电话，把情况简单地说了一下。韩旭辉的弟弟在外地赶不回来，两个妹妹急着要前往永济市，两位妹夫考虑到大半夜要赶去外地，怕两个女的照顾不了自己，便自告奋勇，驱车赶往永济市人民医院。

打电话时郭涵墨已经离开市区有一段距离了，路上也不方便停车，便约好在高速路晋城服务区会合。

停好车后，郭涵墨问韩雁南需要什么，他去服务区的商店里买一些。韩雁南摇头。

韩雁南的神情比之前沉重了一些，像是感觉到了什么，又拼命逼迫自己不要相信自己的感觉。

车内一阵沉默。

郭涵墨受不了这种沉默，又怕言多有失，不敢和韩雁南多说什么，连安慰都不妥当。郭涵墨下了车，站在外面透透气。

电话响了，是韩旭辉的妻子郜鞠萍打来的。

"涵墨，不好意思啊，我刚才在飞机上，刚下飞机，看到你刚才给我打了好几遍电话，有什么事吗？"

"嫂子……"

"喂，涵墨，怎么不说话？是不是我这里信号不好？我刚下飞机，还在机场，你能听到我说话吗？"

"能听到，我能听到嫂子说话。"

"是有什么事吗？"

"……韩庭长，他……"

"旭辉呀，他出差了，去临汾了，说还是那个拖欠工人工资的案子。"

"我知道。"郭涵墨狠了狠心，"嫂子，韩庭长出差到了永济市，今天晚上心脏病犯了，现在正在医院治疗。"他故意把"抢救"轻描淡写说成"治疗"。

"啊，什么？严重不严重？他现在怎么样了？"

"还在医院。"

"医院？是急诊室吗？"

沉默。涵墨沉默。

"我马上赶回去。"

"您现在在哪里？"

"我在上海机场……我这就去买票……涵墨，你别挂电话。"电话那边慌了，传来跑步声。

"嫂子，您别着急，别慌。"

"涵墨，你说实话，他现在到底什么情况？"

"我真的不知道。我现在晋城高速服务区，雁南在我车上，我和她正要去永济。"

电话里传来郜鞠萍询问机场服务人员从上海到长治的航班，又询问上海到永济、到临汾、到太原的航班。接着传来郜鞠萍失望的抽泣声。

"喂，喂，嫂子。"

"我在，没有航班，怎么办？"

接着，电话里又传来一阵奔跑的脚步声。

没几分钟，听到郜鞠萍急切地呼喊声："出租车，出租车。"随后传来"砰"的一声关上车门的声音："师傅，送我去山西省永济市。"

"山西省？"

"对，山西省。"

"大姐，这是出租车，你要从上海打的去山西？"

"对，拜托你了，师傅，开快点，我有急事……涵墨，涵墨？"

"嫂子，我在。"

"医院那边说什么了？医生怎么说的？"

"医生还没有出来。还在急救室。"

"要好多钱啊，大姐，您确定要去吗？"出租车司机有点不相信自己的耳朵，一脸狐疑。是啊，上海到永济，千里迢迢，难怪出租车司机觉得不可思议。到底发生了什么大事，让她不管不顾地要从上海"打的"到千里之外的山西永济，而且还是大晚上。这位妇女的着装透露出她并非来自富裕家庭。她的面容透露出善良，也不像是有预谋地进行欺骗或抢劫。

"去，我给钱。师傅，求求你了。"郜鞠萍急得流下了泪水。

师傅已经意识到了什么。车子发动起来。

郜鞠萍转过神来又问郭涵墨："涵墨，我现在往永济走，医院那边有什么情况，你及时和我说一声。"

"我明白。"

"还有……雁南，路上你帮我照顾一下。她还小，不经事。"

"您放心。"

郜鞠萍挂了电话。

郭涵墨在漆黑的夜幕下孤零零地站着。

十几分钟后，电话响了，是韩旭辉的妹夫打来的，他们也已经驶入服务区，询问郭涵墨的位置。

顺着指引，车在郭涵墨面前停下，韩旭辉的两个妹夫下了车，这时候也顾不上说客气话了，直接问韩旭辉的病情。

郭涵墨将韩旭辉的真实状况详细地叙述了一遍，无法对韩旭辉的妻女透露全部真相，担心她们一旦得知情况危急，无法承受这样的打击，而两位妹夫作为男子汉，无须对他们有所隐瞒。

两个妹夫点头，过来拉开郭涵墨的车门，轻轻叫雁南，让她换乘他们的车。两辆车一前一后驶出服务区，驶向永济市。

一路上，隔几分钟十几分钟，郜鞠萍就给郭涵墨打来一通电话，询问最新情况。其间，涵墨和晋安保持联络，得知医院那边还在抢救。虽然情况不明，但郭涵墨、李晋安和韩旭辉朝夕相处多年，他们对韩旭辉的基础病症有所了解，隐隐感觉到情况不妙。

他们既不敢也不愿意去想象糟糕的情况。在他们的潜意识中，不好的事情不断地冲击着他们的心灵。一个人在旅途中，满腹心事；另一个人虽然近在眼前，却也焦虑不安。

两位妹夫拉着韩雁南，跟着郭涵墨的车疾驰，车内安静，谁都没说话。

郜鞠萍也一路飞车，向着永济方向而去。她身体前倾，死死盯着车灯照射的路面。车灯扫射着接踵而来的黑暗。郜鞠萍心里暗暗祈祷：旭辉，你可要挺住啊，你是咱家的顶梁柱啊。一大家的人都要你撑起头顶的一片蓝天啊！

郜鞠萍和韩旭辉相识、相爱、相知几十年了，她对韩旭辉太了解了。

韩旭辉为什么要去马厂人民法庭工作？其中一个原因是他曾经在马厂生活过一段时间。

韩旭辉的爸爸韩树城，曾担任马厂公社党委书记。在韩旭辉年幼时，他经常坐在韩树城的自行车后座上，从家里骑行到马厂公社。当韩树城忙于工作时，韩旭辉会在一旁写作业，然后跑到院子里玩耍。当一个人玩得无聊时，他就会悄悄跑出院子，与附近的小伙伴一起玩。

对于男孩们来说，游戏常常围绕着警察追捕罪犯、士兵攻占敌方据点等情节展开。韩旭辉自小就对军警职业抱有极大的敬意和憧憬，他幻想着自己将来能够参军，保家卫国。他渴望成为一位英勇的战士，如果做不到，至少也要成为一位警察，去抓捕那些不法之徒。

在一次春节拜访亲戚时，韩旭辉提及，马厂法庭的郭涵墨和李晋安等人都曾是军人，尽管他本人未曾参军，但如今与这两位退伍老兵朝夕相处，深受他们军人风范的影响，这也给他带来了不少的安慰与乐趣。

韩旭辉的父亲调任郊区农工部部长后，韩旭辉也离开了马厂，但儿时的欢愉却永远留在了心底。郊区法院内部竞选马厂法庭庭长，马厂这个地名，如一根柔指，弹拨着韩旭辉的心弦。

韩旭辉的父亲韩树城调任区农工部部长时，韩旭辉已满十八岁，他的父亲是区里的中层主要干部，在常人眼里，给韩旭辉安排一份好工作是顺理成章的事情。但他的父亲却让他读了技工学校，毕业后学校把他分配到惠丰机械厂，他成为一名普普通通的工人。

韩旭辉当时也不理解他父亲的做法，车间的同事还揶揄韩旭辉："你爸是当官的，不让你去坐办公室，却把你送到工厂吃苦受罪。"

回到家里，肚子委屈的韩旭辉问父亲，能不能找找关系给他调换一份好工作。父亲沉默许久，拉他坐到身边，语重心长地说，爸爸手里的权力是党和人民给的，不能用来为自己的亲属谋取利益。一切要靠自己，是金子在哪里都能发光。

韩旭辉将父亲的话语铭记于心，白天在工厂努力工作，夜晚则前往夜校学习。仅用两年时间，他便成了技术骨干。之后，他自学法律，顺利通过了司法局和法院的招考。胸前佩戴的法徽，象征着他实现了梦想，成为中华人民共和国的一名法官。

从上海到山西，千里迢迢，打车费用高昂得令人咋舌，尤其是在夜晚。可以想象，作为韩旭辉配偶的郜鞠萍，内心焦急到了什么程度。

韩旭辉兄妹四人，他是老大。郜鞠萍也是兄妹好几个，她是老小。在她未出嫁时，在父母和兄弟姐妹的宠爱下，她是个受保护的小妹。然而，嫁给韩旭辉后，她变成了家中兄弟姐妹中的大嫂。在家务事的处理上，韩旭辉的口头禅是："咱是老大，就得吃亏。"郜鞠萍贤惠，吃亏就吃亏吧，谁叫咱嫁了个老大呢？韩旭辉有心脏病，郜鞠萍曾劝他不要太劳累，少办点案子。她也打听过，法院有明确规定，庭长的办案数量可以比其他员额法官减少40%。韩旭辉嘿嘿一笑："谁叫咱是庭长呢。庭长就得带头。何况，马厂法庭案多人少，等以后人手多了，我就少办点（案）。"得，合着这家里家外，你都是站在排头的那一个。而且，又说了"等以后"。郜鞠萍知道，韩旭辉的"等以后"是给她和女儿以及家人的空头支票。等以后，等以后，这"以后"到底是什么时候？韩旭辉也有明确的解释。"以后"就是退休以后。他说："退休以后啊，你什么都不用干，这三十多年都是你伺候我，以后都是我来伺候你。你说什么就是什么。你不用做饭，不用洗锅，天天坐在沙发上，等我给你端吃端喝。"在去临汾办案前的一个晚上，旭辉和妻子坐在家里，煞有其事地做了一份退休后第一站就去新疆旅游的攻略："老婆，到时候，天山南北，戈壁沙漠，草原雪山，胡杨林、古城堡，喀什伊犁阿勒泰，咱自由自在畅畅快快地走上他一两个月。"

郜鞠萍苦笑着摇了摇头。车窗外一片漆黑。

凌晨一时许，急诊室的门打开了，医生从急救室里走出来，看着站在楼道里疲惫焦急的人，对门口的李晋安、郭涵墨二人小声说："我们尽力了，病人抢救无效，大家节哀吧。"

虽然知道病情严重，心里已经有了预感，提前做了心理准备，但还是难以相信这残酷的现实。

二人沉默了几分钟，相互对视，知道现在不是伤心的时候，韩旭辉的家人需要抚慰，后事需要处理。以前是韩旭辉替他们操心忙乱，现在他们应该为韩旭辉做点事情。尽管这也是超出他俩心理预期的结果。

在医院办理相关手续时，医院方面告知，需要将韩旭辉的遗体从急救室转移出来。李晋安熬了一夜没睡，又悄悄地哭了几次，眼睛红肿。把郭涵墨叫进急救室，二人开始给韩旭辉穿衣服。

韩旭辉体温尚存，仪容安详，像是睡着了一样。二人边给他穿衣服，边呼喊他的名字，还摁了摁韩旭辉的胸口，做了心脏按压的急救动作。他俩期盼能出现奇迹，期盼韩旭辉能缓过气来，睁开眼，说句话。他们发现，韩旭辉的双腿已经开始僵硬。

永济市监狱和永济市法院派人前来协调，帮忙联系了殡仪车，确定了返回路线和大致时间。随后，他们通过电话向领导进行了汇报。

外边，韩旭辉的女儿韩雁南已经哭成了泪人，韩旭辉的两个妹夫不停地安慰她，一刻也不敢离开她。

李晋安和郭涵墨躲在旁边悄悄商量，该怎么把这个消息通知韩旭辉的妻子郜鞠萍。

她不停地打电话过来，还在归来的途中，还在询问韩旭辉的病情，询问治疗情况。

二人不敢告诉她，一个女人乘坐出租车从上海来永济，途中惊闻噩耗，怕她再发生什么意外。

二人还想瞒着她。

但她隐隐有所察觉，已经过去这么长时间了，急救室还没有消息。她不停地追问，是不是有什么事情瞒着她。

二人矢口否认。

确定了郜鞠萍现在的位置和行驶路线后，二人商量了一下，决定让郜鞠萍乘坐出租车前往郑州，这边派人开车前去郑州接应她。

郜鞠萍在电话那边又开始抽泣，女儿的电话之前在郭涵墨赶往永济的途中打通过一次，后来再打便是妹夫接电话，问妹夫、李晋安、郭涵墨，都说还在急诊室。最后更是派车派人要来郑州接她，她心生恐惧，却又相信韩旭辉还在急诊室。

不知不觉，天就亮了。从郑州到永济的路程不远。二人商量，应该让韩旭辉的朋友们知道这件事情，便拿起手机，将韩旭辉庭长去世的讣告发在了朋友圈。

却唯独屏蔽了郜鞠萍。

马厂法庭这个家

2012年3月，韩旭辉经郊区法院党组提名，被郊区人大常委会正式任命为马厂法庭庭长。

自韩旭辉就职以来，马厂法庭仅有三名成员。韩旭辉担任庭长，郭涵墨为副庭长，再加上一名司机和一辆车，构成了郊区法院马厂法庭的基础架构。

没有立案员，没有书记员，没有陪审员，没有调解员，没有法警，没有门卫，没有食堂，只有一个建好的等待使用的法庭。

在这里，有必要闲笔一叙。长治市位于山西省东南部，居太行之巅，古称"上党"。《释名·释州国》载："上党，党，所也，在山上，其所最高，故曰上党。"《文献通考》说："其地极高，与天为党。"《潞安府志》亦云："潞以水名，其称上党，谓居太行之巅，地形最高，与天为党也。"秦统一六国后，实行郡县制，分天下为三十六郡，上党郡即为其一。苏轼"上党从来天下脊"之句，更令这座高台上的古城平添豪迈之气。

潞州是中国罕见的三千年城址未迁、建制延续之城。值得一提的是，此地亦为唐玄宗李隆基的龙兴之地。景龙二年（708），二十余岁的临淄王李隆基赴任潞州别驾。彼时他意气风发，于官邸后园筑"德风亭"，取《论语》"君子之德风，小人之德草，草上之风必偃"之意。在位期间，李隆基勤政爱民，广施德政，深得百姓赞誉。

潞州变长治，和明嘉靖年间的陈卿起义有关，朝廷平息这一次起义之后，升潞州为潞安府，置兵备道，废上党县，新设长治县与平顺县，寓"长治久安，平平顺顺"之意。1949 年后，长治初设县级市，隶属晋东南专区。1985 年 5 月，撤地设市，升格为地级市，辖 2 区 11 县。2018 年，原城区、郊区合并为潞州区。2012 年，隶属郊区法院的马厂法庭随之划归潞州区法院管辖。

马厂之名，源自其作为长治历史上最大养马场的特殊地位。考其沿革，须追溯至明代藩王制度。

洪武二十四年（1391），朱元璋第二十一子朱模被封为沈王，初定藩地为辽东沈阳。因辽东已有辽王朱植（第十五子），且朱模年幼（时年十一岁），其母赵贵妃奏请改封山西潞州（今长治），获允。建文、永乐初年，因"靖难之役"动荡，朱模滞留南京近二十年，直至永乐六年（1408），二十八岁的沈王才携家眷就藩潞州。潞州城北三垂冈（今长治市潞州区北部）水草丰茂，成为沈王府的专属马场。初期由潞城县衙协助管理，至明万历年间，朝廷推行"马政改革"，马场实行"官牧"（王府直属）与"民牧"（百姓代养）并行制，渐成官民共牧的"马厂"。

顺治十三年（1656），清廷推行"废藩田产归民"政策，潞城西南（含三垂冈马场）地广人稀，潞城县令张士浩、王溯维先后招徕流民垦荒。至康熙十九年（1680），原马场养马人聚居区形成村落，因明代"马厂"旧称而定名为"马厂村"。

长治历史上的马厂，是个大马场。大致范围是：南至延绵的三垂冈（大冈山、二冈山、三冈山），北至今长治市潞州区故驿村一带，东至今长治市潞城区南舍村、北舍村附近，西至漳河东岸，为长治历史上最大的养马之地。

请注意，马场之地，是与一个叫三垂冈的地名息息相关的。而这三垂冈更是在历史的风起云涌里鼎鼎有名。清代诗人严遂成有一首名曰《三垂冈》的七言律诗，描绘了唐朝末年发生在此的历史事件：

英雄立马起沙陀，奈此朱梁跋扈何。
只手难扶唐社稷，连城犹拥晋山河。
风云帐下奇儿在，鼓角灯前老泪多。
萧瑟三垂冈下路，至今人唱《百年歌》。

毛泽东熟读史书韬略，1964年批注《新五代史·庄宗本纪》时，忆及咏叹三垂冈战役的这首诗。他毕生阅诗无数，却罕见地两次挥毫书写《三垂冈》，既因诗歌苍茫雄浑的史诗气质，亦因其中激荡着五代风云。李克用、李存勖父子以复唐为旗号，率孤军力抗强梁，其悲壮气节辉映青史；三垂冈一役更以弱克强，大破朱温精锐，堪称敲响了后梁覆灭的丧钟。距战场数十里处，相传为女娲补天、精卫填海、后羿射日三大上古神话发祥地，愚公移山传说亦源于太行山脉。这片上党故地，神话史诗与历史豪杰交相激荡，厚重文脉化入山川水土，滋养着代代英杰。

马厂法庭坐落于长治市郊，最远辖区距城区超百里。这座驻守在马厂镇高庄村的基层法庭，肩负着三镇（马厂、黄碾、西白兔）四十四个行政村、十三个社区的司法重担，辖区面积一百三十二平方公里，常住人口十七万——此规模甚至超越长治下辖的黎城、沁源、平顺三县（人口均低于十六万）。在这片土地上，星罗棋布的农田间有着鸡毛蒜皮的乡邻纷争；首钢长钢、漳泽电力等国企巨擘与南耀集团、长信钢铁等民企龙头在此林立，更有无数小微企业如野草蔓生。农耕的淳朴、工矿的粗砺、城镇的喧嚣在此碰撞，将此地塑造成光暗交织的复合体：既是资源涌动的"聚宝盆",又是三教九流盘踞的"上党江湖"。

地方政府虽布设综合治理网络,但具体到司法前线,这座仅有不足十人(含审判员、法警、后勤)、三个审判员的合议庭,却要在社会转型的裂变中,为一百三十二平方公里的土地锚定法治秩序。当"乡土中国"与"工业文明"的角力在此震荡,马厂法庭的"小马拉大车",何尝不是当代中国基层司法困境的缩影?

还是让我们把目光切换到韩旭辉等三个人的2012年吧。

法庭是栋两层高、使用面积一千多平方米的标准楼房,前院不大,后院也不大。这栋楼建成于2010年,一直没有启用。直到2011年县乡换届,新组成的郊区法院党组才决定启用该楼。

临时雇用的看守法庭的是位年一过六旬的老大爷。他一个人看守着这栋空楼两年了,整天无所事事,瞅见街边有瓶子、纸箱,就捡回去放在大楼里攒着,等积攒到一定数量后卖给废品回收站。

韩旭辉三人来到马厂法庭时,推开大楼的玻璃门,就看见大厅里堆着一地乱七八糟的废品,抬腿迈进去几乎找不到落脚的地方。三人从废品中间清理出一条通道,直达楼梯,拾级而上,来到楼上。

楼上空荡荡的,过道和房间因长期空置,积了厚厚的灰尘,蜘蛛也在墙角旮旯安营扎寨。

楼里看了一圈,又到后院转了一圈。后院是一排较为简易的平房。一房间内有水龙头,看上去当初设计是做厨房用的。拧了拧水龙头,拧不动,用力多次后才拧开,但没有水从水龙头里流出来。按下房门旁的电灯开关,灯不亮,各个房间的开关都按了一次,灯全都不亮。

司机跑到楼里,把楼下楼上的开关按了一圈,返回来说楼里也没有电了。那位看守大楼的老大爷从隔壁拉来一根电线,临时用来照明。

一座法庭,乱七八糟,一片狼藉。没水,没电,基本的入驻条件都不具备。

韩旭辉三人坐在后院，每人拿出笔和纸，开始逐项列出需要处理的问题清单。

水和电的供应。是否因为未缴纳水费和电费导致了问题？

食堂的问题。食堂缺少必要的灶具和橱柜，应该尽快解决。同时，需要招聘厨师，不必是专业级别的，但必须能够提供日常三餐，以满足法庭人员的需求。

前院和后院杂草丛生，必须清理干净。办公楼也需要定期保洁，同时记录下办公室内需要补充的办公设备，并向郊区法院报备。

人员招聘包括书记员、立案员、法警和门卫。韩旭辉和郭涵墨作为审判员，只有配备相应的书记员、立案员和法警，法院才能正常运作。

发布公告，通知马厂法庭辖区内的所有行政村、厂矿企业和街道办事处，一旦人员到位，所有民事案件将由马厂法庭负责立案和审理。

三个人商量一番，便开始分头行动，并约好下午5点在法庭碰头。

下午5点，三人聚在法庭后院开始交流情况。

法庭的水费没有缴纳，缴纳水费后便能通水。

法庭大楼修建时，由于施工方的疏忽，没有留下变压器的位置，电业局也没有马厂法庭的用电户头，安装不了变压器，通不了电。这事办起来麻烦了。本来以为通水通电只要交钱就行，没想到这变压器的问题还需要和电业局进一步沟通。

小食堂的灶具。马厂镇就有专业提供设备和安装服务的，上门测量尺寸后，从加工生产到安装完毕，需要三四天时间。

整栋楼包括前后院的清洁保洁，第二天就能进行，大约需要两天时间。办公设备按照法庭能基本运转的情况初步统计了一下，第二天就可以报备至郊区法院。

书记员、立案员、法警、门卫、厨师等人员的招聘。当天去辖区三个镇政府，请各单位帮助对外发布相关人员应聘必须具备的学历、学识等信息。招聘人员的时间不可控，尽管和大家说明了需要尽快招聘到相关人员，但法庭需要的这些人员，不是一般人都能干得了的。笔试、面试是必需的，这些都需要时间。

三个人把一天的工作汇总了一遍，理清了接下来的工作重点，才开车离开马厂法庭。

第二天，韩旭辉来到电业局在马厂镇的电管所，找到了所长。所长说，昨天有人来打听过马厂法庭的事情，他也了解具体情况，但是根据电业局的规定，一时还不能增加变压器。

说着，所长把相关的一些图纸和文件都拿了出来，一项一项地给韩旭辉解释，又当着韩旭辉的面打电话给电业局领导汇报了相关情况和马厂法庭的诉求，电业局领导那边也表示无能为力，想要加装变压器，只能等周围的建筑拆迁或者改造后，整体重新设计后才可实施。

所长态度诚恳，韩旭辉心领神会。但这事没着落，他不甘心。就问所长，能不能想个变通的办法。

电管所所长见韩旭辉能理解他的苦衷，想了想说，马厂法庭的隔壁有个住宅楼，有三相电变压器，住宅楼是一家小型加工厂的产业，暂时可以先从住宅楼引一条线路，可以满足正常用电需求。再往远处还有两家也可以架设线路，但是距离较远，前期投入的费用较大。具体哪家合适，需要当面接洽。

韩旭辉盘算了一下，决定先去隔壁的住宅楼问询问询。

出了电管所，径直去了马厂法庭隔壁的住宅楼，按着电管所所长提供的电话号码打过去，找到了产权方。

对方听了韩旭辉说明的情况，倒也痛快，当即表示同意。韩旭辉立马给电管所所长打电话，请他派人来架设线路。

电的问题解决了，韩旭辉松了口气，回到马厂法庭，看到几位雇工正在院子里清理杂物和杂草。

韩旭辉看着后院的一排平房，给郭涵墨打电话，让他回来时顺路问问马厂镇有没有装修浴室的商家，法庭人员正常入驻，得有个日常洗漱洗浴的地方。

后院看了几圈，韩旭辉来到前院，问那几位工人的工头在哪里，一个人跑过来说他就是工头。

韩旭辉领着工头来到后院，说了一下他对后院改造的想法——西边要留出一块空地，以后种点蔬菜，院子里砌几个土池，可以种树，季节正好，植树节正好种下去。又领着工头来到前院说："墙根砌一圈花池，可以种一些绿植和花卉。"

工头听完，说道："领导，得加钱。"

韩旭辉一笑："当然得加钱，怎么能让大家白干活。"

工头算了一下需要的人工和时间，给出了一个公道的价格，对此，韩旭辉满意地点头。他随即抓起拖把，开始打扫楼道，弓着身子，一丝不苟的状态，就像在打理自己的家一样。接下来的几天，韩旭辉和郭涵墨几人整日埋首打扫。一铲一刷都透着狠劲，汗珠顺着脖颈往下砸，在衣服后背洇出深色水痕。尘雾里浮沉的身影活脱脱成了雇主眼里的标准清洁工。说实在的，这些大男人在家通常由妻子照顾，很少做家务，现在这么勤快。幸好他们的妻子不在场，否则，看到他们忙碌的样子，妻子们心里难免会有些酸楚和想法。

两三天时间，他们就把前后院整修得利利索索的。韩旭辉在这期间，从一家苗圃订了些小灌木和树苗，让苗圃的人送到马厂法庭。苗圃的人说："我们帮你种吧，一个人一天两百元，总共三个人六百元。"

韩旭辉说："不用了，我们自己种。"

苗圃的人暗自嘀咕："又不是自家，省这个钱。法庭是公家单位，公家单位搞绿化，哪里有自己动手种树种花的，抠门。抠下来又装不进自己的腰包，何苦呢?"

韩旭辉到附近农具商店买了工具，开始在墙角圈定的花池里种植冬青，先锄刨地，刨了一会儿想起什么来，又跑到商店买了一袋肥料回来，边刨地边撒肥料。

忙得浑身大汗时，郭涵墨和司机回来了，二人见状就要挽起袖子帮忙干活，韩旭辉说不用，你俩再去报社发个招聘书记员和立案员的招聘信息，或者试试在网站也发布招聘信息，事情有轻重，先把重要的事情办好。

各办其事，韩旭辉继续刨坑种树。后院种了四棵枣树、三棵核桃树，墙角一圈和法庭的栅栏门侧边种了冬青。整个院子立刻生机勃勃。

这时候，食堂的厨师也找好了，是一对中年夫妻，本地人，原来在区交通局食堂烧菜做饭，后来去外地打工，刚回来，不想再出去打工，正好有人知道马厂法庭的食堂需要人手，便介绍他们夫妻前来。

二人介绍完了自己的情况，又说能住在法庭，也能兼任门卫。

韩旭辉和郭涵墨交换了一下眼神，显然两人对这对夫妻的情况很满意，接下来就是让他们做几顿饭试试手艺了。不过既然以前在别的单位做过饭，想必应该能胜任。

果然，夫妻俩做的家常饭菜很可口。

郭涵墨给夫妻俩在门房添置了一些日常必备的物品和家具，又征询了夫妻俩的建议，给食堂添置了一套餐桌、厨具。

向郊区法院报备的办公设备和办公家具也运来了，一上午，几个人楼上楼下又扛又抬地忙乱。安置好后，韩旭辉、郭涵墨和司机站在院子里，看着整洁一新的小楼、绿意盎然的小院，听着厨房里传来叮叮当当的切菜声，心里满满的成就感。

没高兴多长时间，又有新问题。楼顶发现几处漏水点，需要及时修补;办公楼内预埋了局域网网线，但没有外网，找中国联通申请外网，因为联通在附近没有布点，需要专门架设一趟光缆到法庭，算下来成本太高，又去找电信部门。电信公司在附近的居民区有网点，可以拉一条网线接入办公楼。

法庭焕然一新，硬件设备基本到位。韩旭辉一脸欢喜地说："以后这里就是我们的家了。"这家还真是温馨惬意且名副其实：种上了枣树、山楂树、核桃树，开辟了小菜园，撒上了应季蔬菜的种子，不几日，便见一棵棵嫩芽破土而出。前院后院，花花草草。应季有花，花香扑鼻；入秋有果，果色诱人。院内树木摇曳生姿，法庭小楼内办公与生活设施一应俱全。设有澡堂和乒乓球室，为基层法庭工作人员的生活增添了几许舒适，也帮助他们缓解了一日的劳累，使身心得到放松。

这家更是有一位大哥般的庭长韩旭辉，在这以后的日子里，这个家承载着这块土地上父老乡亲的喜怒哀乐。

辛勤耕耘，春华秋实。不知不觉，韩旭辉在马厂法庭一待就是十年。人生有多少个十年啊！

四子争母

马厂人民法庭开始正常运作后，郭涵墨记忆犹新的一起案件是关于赡养问题的纠纷案。

原告有两个委托代理人：一个是郊区法律援助中心的法律工作者彭造刚，另一个是原告的姐姐。

来马厂法庭提交起诉书的是委托代理人彭造刚。

立案室使用的还是韩旭辉当年委托老家长治县（后来撤县改区为上党区）的一位年轻人开发的软件。在立案信息录入完毕后，韩旭辉在办公室就看到了案件的相关信息。

韩旭辉给郭涵墨打电话，让他过来一趟。

郭涵墨来到韩旭辉办公室后，韩旭辉指着刚立案的起诉书说："这个案子，你看看有没有印象？"

郭涵墨看了一遍，摇头说："没印象。"

"你再看看。"

郭涵墨又浏览了一遍，还是摇了摇头。

"去年在郊区法院立案庭的时候，我记得这个案子立过案呀。"

郭涵墨摇头："我没经手，不记得了。"

韩旭辉想了想，拨通了委托代理人彭造刚在立案信息上的电话。

"彭造刚律师吗？您好，我是马厂法庭的韩旭辉，请问一下，您刚提交到马厂法庭的案子，是不是去年曾经在郊区法院立过案？"

"对，去年立过案，后来当事人撤诉了。"

"哦，是这样。谢谢！"他挂了电话。

"我说不会记错嘛。去年已经撤诉的案子，又要起诉打官司？涵墨，下午你回院里一趟，把这个案件的卷宗调出来，看看是什么情况。"

下午，郭涵墨来到韩旭辉的办公室，把从郊区法院档案室调阅的案件卷宗摆在了韩旭辉的办公桌上。

卷宗记录：原告吕金枝，女，七十九岁。

原告委托代理人：

彭造刚，长治市郊区法律援助中心的法律工作者；

吕银枝，女，八十二岁，系原告的姐姐。

被告一，赵秋菊，女，五十九岁，系原告大女儿；

被告二，赵秀菊，女，五十六岁，系原告二女儿；

被告三，赵卫东，男，五十四岁，系原告大儿子；

被告四，牛志刚，男，四十二岁，系原告三儿子。

根据案卷记录，原告经历了三次婚姻，丈夫均已亡故。她与首任丈夫所生的孩子包括大女儿、二女儿和大儿子，他们均姓赵。在第二次婚姻中，她与姓牛的丈夫生育了二儿子和三儿子。第三次婚姻没有子女。

二儿子牛云刚，2010年因意外事故身亡。因此，吕金枝获得五千元的丧葬赔偿金和六百元的土地淹没赔偿金。

四个被诉子女虽然同母异父，但都是原告的亲生子女。

吕金枝要求四个子女每人每月支付一定金额的赡养费，并明确提出要求：她与三儿子牛志刚共同居住。

庭审时，四个子女都同意支付赡养费。但三儿子牛志刚拒绝与母亲吕金枝共同生活。拒绝的原因是母亲与他的感情不好，与他去世的哥哥牛云刚的感情也不好。

诉前调解，原被告达成协议，原告吕金枝撤诉。

现在，原告吕金枝又提交起诉书，诉求和去年的大致相同，代理人也是去年的两位代理人。

看上去这是一宗很简单的赡养纠纷案，可韩旭辉觉得不简单，这背后肯定有不为人知的瓜葛和矛盾。

法律的职能不仅是判输赢、决善恶，还有化干戈、止纷争。案结事不了，反而增加当事人的诉累。甚至，因对簿公堂，使当事人之间的关系火上浇油，矛盾加深，这就背离了法律施行、法官设立的主旨。解开疙瘩，打开心结，平息矛盾，案结事了，这是法官办案的最高境界和追求。

韩旭辉又认真看了几遍案卷，掩卷深思，亲生母亲两次起诉亲生儿女，背后一定有文章。

韩旭辉电话联系泽头村村委会主任，约好时间，驱车前往泽头村。

到了村委会，村委会主任客气几句，便把韩旭辉和郭涵墨领进村委会办公室，落座、倒水、沏茶，村委会主任心生疑窦，想旁敲侧击地打听，韩旭辉和吕金枝一家是什么关系。

来泽头村之前，韩旭辉在电话里简单说了一下这个案子，并说明想具体了解当事人的情况。村委会主任心想，为这样普普通通的一件家事，劳驾这大法庭的两位庭长郑重其事地大老远地亲自来村里，莫非他们和这家人有什么关系？

韩旭辉说："我觉得这个案子挺奇怪的，想来多了解些情况。"

村委会主任还是谨慎，也有点不信，这么多年了，谁见过来村子里了解民事纠纷的法庭领导，怕是场面上的话，且观察观察、听听话音再说。

村长隐藏的小心思，韩旭辉心知肚明，笑了笑，直言相告："此行是为了把案子办扎实，你也就别藏着掖着。"村委会主任尴尬地挠了挠后脑勺，抱歉一笑，就打开话匣子，竹筒倒豆子般，一股脑地把这家人的情况说了个透透彻彻。

吕金枝前后两次婚姻，五个子女两个姓。2010年，吕金枝的二儿子牛云刚因意外事故去世了，虽然对方当事人没有责任，但于心不忍，给了吕金枝五千元，算是歉意，也算是丧葬费。当时吕金枝和她的三儿子牛志刚生活在一起。一年后，吕金枝因病卧床，生活不能自理。她说想念她的姐姐吕银枝，让小儿子牛志刚把她的姐姐吕银枝接来说说话。牛志刚骑摩托车把大姨吕银枝接来后，就出去干活了，剩下吕金枝和吕银枝姐妹俩在家。老姐妹俩聊了一会儿，吕金枝把牛云刚的死亡赔偿金五千元钱从被褥下面拿了出来，交给了吕银枝保管。这事，牛志刚并不知晓。牛志刚干活回来，做了鸡蛋卤拉面招待。吃过饭后，牛志刚又骑摩托车把大姨吕银枝送回了家。

吕银枝回去后，把这五千元钱给了吕金枝的大儿子赵卫东。二人之间的钱款往来，没有告诉第三人。

吕金枝生活不能自理，可牛志刚是个单身汉，在生活照料上难免有许多不便。

吕金枝召集几个子女商量，老人在每个子女家里轮流住三个月，大家都无异议。慎重起见，还经了郊区人民法院，达成一份诉前调解协议。于是，大女儿就把吕金枝先接到她家，住了三个月后，二女儿和大儿子都没来接他们的母亲，她也没吭声，继续居家照料自己的母亲。又过了三个月，还没人来接，她心里想是不是忘记了，就给老大赵卫东和二妹赵秀菊打电话，两人互相推诿，言语间均不愿意将母亲接到自家照顾。

大女儿无奈，只好继续照料。

时间长了，大女婿有意见了，开始有了不满情绪。又过了一段时间，眼看着大女儿把她母亲接到家里快一年了，二女儿和大儿子一直没有动静，大女婿就开始在家吵闹了。

大女儿没办法，把她母亲的姐姐吕银枝接来，商量这件事情怎么办。

吕银枝给几个外甥打电话，让他们来大女儿家一趟，结果只有三儿子牛志刚来了。

看情况，二女儿和大儿子是不打算把他们的母亲接到他们家去养老了。

牛志刚说，他先把吕金枝接回家伺候。正准备往外搬被褥时，吕金枝忽然向吕银枝要那五千元钱。吕银枝支支吾吾地说不上来。吕金枝继续要钱，吕银枝才说已经把那五千元钱给了赵卫东。

这下，牛志刚不依了，发脾气大吼，说那是他亲哥哥牛云刚的死亡赔偿金，怎么能给不养活亲生母亲的赵卫东呢？

吼完，牛志刚也不理屋子里的人了，径自回家了。

这下，四个子女集体"逑势"（当地方言指推诿逃避），把亲生母亲吕金枝撂在了一边。老来难来老来难，吕金枝没办法，这才委托吕银枝，到郊区法律援助中心又请了法律工作者彭造刚，起诉了四个子女，要求四个子女按月支付赡养费，要求她和三儿子牛志刚一起生活。

村委会主任把他了解的情况介绍了一遍。接着又说："她家这事闹的，村里人街谈巷议，有说大儿子和二女儿不对的，有说吕金枝和吕银枝姐妹俩长短的，还有说三儿子不是的……"

"还有说三儿子不是的？"郭涵墨有点惊讶地问。

"可不是呢，说他不是的人还不少呢！"

"三儿子牛志刚，听上去不像是个不孝顺的孩子呀。"郭涵墨纳闷。

村委会主任说："不是说他不孝顺，是说他没脑子、死脑筋，不会办事。"

"什么意思？"郭涵墨好奇地发问。

村委会主任笑了笑，问郭涵墨："郭庭长不是本地人吧？嗯，这里头大有说头啊！"

韩旭辉笑呵呵地给村委会主任介绍："郭庭长是临汾人，大学毕业后就入伍参军了，后来从部队转业到咱们法院，对当地的民俗民情弯弯绕绕，不怎么了解。"

郭涵墨立刻明白，自己好像漏掉了一些关键信息，而这些信息恰恰与本案有关。

村委会主任也听明白了韩旭辉的意思，笑着说道："咱们农村有个风俗，讲究夫妻合葬，要是一个男人去世后没有妻子合葬，会被认为不吉利，对逝者和后人都不好，也没有面子。所以呀，有的光棍去世后，会配阴婚，也叫冥婚。而找个女人的尸骸合葬，这都是要花钱的，相当于彩礼，至少得十来万。"

村委会主任又继续讲说："像吕金枝这种情况，前后几次婚姻，丈夫都去世了，她去世后，和哪个丈夫合葬呢？和第一个丈夫合葬，第二个丈夫的后人就得花钱配阴婚；反过来，和第二个丈夫合葬，第一个丈夫的子女就得花钱。"

郭涵墨追问："吕金枝两次起诉，都要求和三儿子在一起生活，这个是不是也有说法？"

"那肯定呀，和谁在一起生活，就由谁来养老送终。人在哪里寿终，就在哪里出殡安葬。和三儿子在一起生活，以后就会和第二个丈夫合葬在一起。"

郭涵墨这才了然其中奥秘："大家说三儿子的不是，说他不会办事，是说他傻，不知道给自己省钱？"

"对，就是这个意思。"村委会主任连连点头，"说其他人不对，那就是真不对了，比如吕金枝的姐姐吕银枝，把钱给了大儿子，不能这样办事。就是这件事把三儿子惹恼了。再比如大儿子和二女儿，不照顾她母亲，这个肯定也不对。"

郭涵墨点头，表示明白了其中的利害关系。村委会主任又说："事情就是这样，我知道的就这些。"

韩旭辉点了点头，沉默了一会儿后，说："有件事情想请咱们村委会帮忙合作一下，行不行？"

村委会主任说："什么事情？能办到的肯定帮忙。"

"这个案子，能不能在咱们村里公开审理呢？案件的诉讼双方当事人年龄都不小了，像吕金枝的代理人是她的姐姐吕银枝，已经八十二岁高龄了，她们家去旁听的亲戚朋友，估计年龄也不小了，去马厂法庭对他们来说是个麻烦事。另外，这个案子，怎么说呢？道德上让人很压抑，亲情和骨肉，岂能用来算计？况且村子里大部分人都知道这件事情，也都想看热闹，想知道最后的审理结果是什么。咱们村委会和法庭可以合作，借这个由头向村民们进行普法教育，倡导敬老养老的道德风尚，你说行不行？"

村委会主任眼睛一亮，频频点头："这敢情好，这肯定好。"

村委会主任情绪显得有点激动："要是你们法官穿着制服开着警车，拉个横幅，撒些传单，来村里进行普法教育和道德教育什么的，说句实话，村民们不当回事，谁都不往心里去。可在村里审判这个案件就不一样了，这可是老百姓们身边的是非，是他们主动想了解的事情，比听闲话有用多了，效果肯定好。"

村委会主任越说越高兴，言语之中满脸期待。

韩旭辉笑道："就在咱们村公开审理这个案件。这是咱们马厂人民法庭启用以来的第一次巡回审理，咱们村是马厂人民法庭的第一个巡回审理点，咱就这样说定了。"

"那好那好。真好真好。"村委会主任鸡啄米似的连连点头，笑得合不拢嘴。

事情议定，韩旭辉和郭涵墨离开泽头村，返回马厂法庭，让立案室排了开庭时间，并打印了大尺寸的公开审理公告，派人送到泽头村，张贴在村委会大院门前。

这可是个稀罕事，不一会儿工夫，来往的村民们驻足在村委会门前，看着公开审理公告，议论纷纷，相约开庭那天一定要来现场看看。

开庭当天，马厂人民法庭仅有的三位审判员：韩旭辉、郭涵墨、乔金良，以及第一任书记员刘博和司机提前来到了泽头村村委会，只留下第一任立案员兼法警苗军在法庭值守，马厂法庭几乎全员出动，来到马厂人民法庭建立的第一个巡回审理点——泽头村，进行第一次巡回公开审理。

村委会早已组织人手在村委大院里摆设好了桌椅板凳，并拉了横幅，院子里已经聚集了很多村民，街上还有不少村民陆续赶来，连附近几个村子的村民都闻讯而来了。

韩旭辉等人把国徽高悬在审判台上方正中，调试了电脑和麦克风音箱后，拉好警戒线。院子里已经挤满了人，后来的村民只能站在院门口远观旁听。

吕金枝老人也在亲属的搀扶下颤颤巍巍地来到庭审现场。韩旭辉上前躬身请老人安坐在椅子上："老人家，你不要紧张，更不要害怕。我们头顶的国徽就是你的天，就是为你遮风挡雨的。你的家务事也是我们的事，今天我们就是专门来理说你的家务事的，你老不要有任何顾虑，就敞亮亮地说吧。"

先坐小板凳，再坐审判台；先进旁听席，再上审判台，这是韩旭辉法官生涯身体力行的司法理念。

吕大娘抬头看看一身制服的韩旭辉，又盯着他胸前佩戴的法徽。亲属耳语，告诉她：这是马厂法庭的韩庭长。

吕金枝相夫教子一辈子，历尽坎坷。而今，年老体衰，一大把年纪

巡回审判 杜先红/绘

了，家事竟然暴露在大庭广众之下，也是无奈。心里忐忑，听到这暖心扉的话语，脸部饱经风霜的皱纹有所松弛，紧张的心理慢慢地缓和下来。

韩旭辉俯着身子，两手轻轻拍了拍老人的左右臂膀。他直立转身，气宇轩昂地走上了审判台。

巡回法庭开庭。主审法官韩旭辉目光炯炯有神，目不斜视；浑厚的嗓音掷地有声，温和关爱中带着威严。

他重重地敲响了马厂法庭巡回审判的第一槌，槌声响，空气激荡，全场瞬时肃静。

原被告双方的陈述开始了。

原告代理人之一，郊区法律援助中心的彭造刚开始宣读原告的诉求，要求四个子女每月支付给她赡养费，并要求和三儿子牛志刚一起生活。

四位被告都没有请代理人，到了被告陈述环节，他们表达了各自的态度。四个子女都愿意赡养老人，都愿意尽孝道。意见不同的是，二女儿和大儿子不同意他们的母亲和三儿子一起生活，要求他们的母亲和大儿子一起生活。大女儿同意母亲和三儿子一起生活，三儿子要求和母亲一起生活。

村民们听完双方的诉求后，一时哗然，忍不住交头接耳低声议论，这和村民们街谈巷议、道听途说的不是一个版本啊。

村民们听说，大女儿、二女儿、大儿子，这三个子女是同一个父亲，他们的血缘关系更亲，他们是攻守同盟，一起要求原告在四个子女家里轮流生活，可是今天，大女儿怎么"叛变"了？大女儿竟然开始维护同母异父的三弟了！

村民们虽然尽量压低声音议论，可架不住人多，院子里顿时响起一阵嗡嗡的议论声。

郭涵墨想要提醒村民们注意法庭秩序，不要喧哗。

韩旭辉一个眼神，阻止了郭涵墨。

他静静地等着，等村民们交头接耳议论了一阵，才举起法槌，轻轻敲了两下，提醒村民们注意秩序，安静。

院子里又恢复一时的静穆。

法庭审理继续进行，很快来到原被告答辩阶段。

当村民们听到大女儿把母亲接到她家里，照顾了将近一年，二女儿和大儿子都不肯把母亲接回家照顾时，村民们又是七嘴八舌、议论纷纷。等议论声稍微平息后，韩旭辉及时敲响法槌，让剩下的几位被告继续答辩。

二女儿和大儿子态度一致，而且大儿子声称，只要母亲和他一起生活，他负责养老送终，不要大家一分钱的赡养费。

又是一片哗然，又是一耳热面红。韩旭辉再次敲响法槌之后，把目光投向三儿子牛志刚。

三儿子犹豫片刻后，开始说出自己的诉求，把心里的委屈向着满院子的村民倾诉出来。

他愿意让母亲和他在一起生活，而且之前他也做到了，这是事实。以后，母亲的养老他也是责无旁贷的。可是，今天有些话他得当着法官和群众的面儿说清楚。他掰着手指头，把一件一件事情讲给大家：他亲哥哥的意外死亡赔偿金，被他亲姨妈拿走后，交给同母异父的哥哥，他将此事视为背叛和出卖。而同母异父的大哥，没有尽到赡养老人的义务，反而将患病的母亲视为累赘，甩给他的大姐就不管不问了。现在又来争着养老人，这是什么道理？

把亲生母亲作为筹码，来进行算计，摸摸良心还在吗？

大女儿也声泪俱下，当初她听了大儿子和二女儿的建议，轮流照顾母亲，共同针对三儿子，可最后二女儿和大儿子把他们的母亲扔在她的家里，不管不顾，全靠她一人照料，她也将此事视为背叛和算计。

村民们听完他们的答辩，这才明白了整件事情曲曲弯弯的真相。

在农村，好事不出门，坏事传千里，谁家的风吹草动，都会成为茶余饭后的谈资，会被村里的人们津津乐道很久，并且有很多不同的版本，到最后事情会越传越离谱。

今天现场审理的这起案子，村民们就听到过不同的版本，有传大女儿不对的，有说二女儿不对的，还有说大儿子和三儿子不对的。今天当着整个村的村民，还有很多附近村子的村民的面，当着村委会干部们的面，当着法庭法官的面，原告被告的当事人当面把话都说得清清楚楚，整件事情大家听得明明白白，谁对谁不对，一下子就明白了。

庭审至此，韩旭辉欠身把目光投向已是泪眼婆娑的吕金枝："大娘，您的意见呢？"

老人低着头一阵沉默。

她缓缓地抬起头来，眼眶湿润："让街坊邻居笑话了，也让法官操劳了。"她用衣袖擦了擦眼角接着说："我这些年大都跟着小儿生活，跟他习惯了，也——也——也——也跟小儿他爹生活的时间最长，我愿意住在小儿家。"

老人态度明朗，老人百年之后的意愿也不言而喻。

当面鼓对面锣，法庭当场宣判，四个子女每月支付给亲生母亲赡养费，原告和三儿子在一起生活。

审理过程一波三折，是非曲直真相大白。法官一槌定音，当庭宣布审理结果，有些村民甚至欢呼起来。

村委会负责民事调解的村干部看到今天的结果，看到村民们的反应，忍不住在旁边偷偷乐了起来，有今天这样的巡回审理，以后村子里有什么民事纠纷需要调解，那可就要省事多了。

法庭审理结束后，几位法官和村委会干部们告别，和村民们告别，法官们离开了泽头村。村民们却还余兴未消，沉醉其中，扎堆议论。也难怪，这新兴事物，比村里请剧团来唱落子戏和梆子戏（上党落子和上党梆子是长治、晋城一带的两个主要地方剧种）还听着过瘾。

法律是有温度的道德水准，是有温情的公序良俗。巡回审判的初战告捷，让韩旭辉和他的马厂同事心头也涌动着阵阵暖意。

回法庭的路上，车轮欢快地飞转。韩旭旭和他的同事们也是喜气盈盈，成就感充溢着他们的心胸。"韩庭长，您给大家唱支歌吧。"这提议正当其时。旭辉也不扭捏，接过书记员递过来的水杯，喝了口水，润润嗓子，一首饱含深情的歌儿飘荡在绿意盎然的田野上：

> 没有花香
> 没有树高
> 我是一棵无人知道的小草
> 从不寂寞
> 从不烦恼
> 你看我的伙伴遍及天涯海角
> 春风啊春风你把我吹绿
> 阳光啊阳光你把我照耀
> 河流啊山川你哺育了我
> 大地啊母亲把我紧紧拥抱。
> ……

无袍法官

宋献堂心中悸动。生老病死是自然规律，可他还是不能接受韩旭辉猝然离世的事实。

宋献堂给郭涵墨打电话，一直显示正在通话中，打了七八次才打通。郭涵墨的声音有点嘶哑，想必是接了太多电话、说了太多话的缘故。

得知韩旭辉的殡仪车要从高速公路长治出口下来后，宋献堂立刻决定，要去高速路口守着、等着，送韩旭辉最后一程。

宋献堂是马厂法庭的首任人民陪审员。

实行人民陪审员制度，可以追溯到20世纪30年代，中国共产党领导的革命根据地、边区和解放区、工农民主政府、抗日民主政府和人民民主政府，已经有人民陪审员参与案件的审理。中华人民共和国成立后，1951年颁布的《中华人民共和国人民法院暂行组织条例》，标志着人民陪审员制度在法律上的确立。1954年宪法第七十五条规定："人民法院审判案件依照法律实行人民陪审员制度。"2004年，全国人大常委会通过了《全国人民代表大会常务委员会关于完善人民陪审员制度的决定》，这是我国人民陪审员制度发展史上首部专门性规范性文件。2018年4月27日，第十三届全国人民代表大会常务委员会第二次会议通过了《中华人民共和国人民陪审员法》，这是我国法制史上里程碑式的一部法律。它详尽地规定了设立人民陪审员的重大意义、任期条件、选任方式、权利义务、履职保障等内容。通俗地讲，人民陪审员就是"不穿法袍的法官"。陪审员不需要通晓法律，但要公道正派，有丰富的生活经验，并在当地有崇高威望。

人民陪审员制度是中国司法民主的一种实现方式，是公民参与基层治理的有效途径。

人民陪审员不仅是一种职务，更是一种荣誉。

2014年，马厂法庭举荐，经郊区法院考核考察，提请郊区人大常委会任命，宋献堂为马厂法庭的首批人民陪审员。

马厂周边天主教徒众多，宋献堂为人耿直，有文化，在教徒中威望很高。这也是韩旭辉选他担任人民陪审员的原因。

对于人民陪审员这个职务，宋献堂最初的理解是，陪审员陪审员，就是陪着法庭的法官在审判庭上坐一坐、听一听，案子怎么办？还不是由法官说了算。陪而不审，审而不陪。有的社会人士曾经这样误解人民陪审员是"丫鬟带钥匙，当家不主事"。

是这样的吗？但开始参与案件审理后，宋献堂才对人民陪审员有了真正的了解。

记忆最深的是2014年的一起案件。那天，韩旭辉打电话和宋献堂约了时间，向他了解原某的信息。或者说，请宋献堂有意识地去了解清楚原某的信息。

韩旭辉简单明了，向宋献堂介绍了原某涉及的这起案件。

原某买了一辆二手车供个人使用，在行驶到王庄煤矿风井院内时，出了车祸，把骑电动车的李某撞伤了，随即将其送往医院。李某伤情稳定没有大碍后，李某和家人商量，让医生开了一些治疗外伤的药，回到家里静养。期间，原某和李某私下达成赔偿协议，原某向李某支付一笔赔偿金。现在，原某把保险公司告上法庭，让保险公司支付李某的赔偿金，但保险公司拒绝理赔。

韩旭辉需要了解案情的来龙去脉、事实真相。

宋献堂就住在王庄矿附近，这里的人不敢说都熟悉他，最起码十个里面有八个熟悉他。

一听说是原某，宋献堂立马说认识他，关系不是很近，但也不远，最起码想打听点事还是没问题的。

宋献堂就忙活着开始打听这件事，两天时间，把情况摸了个一清二楚。

原某开车撞伤李某后，确实是把李某送到了市里的和平医院，一番检查，李某骨盆骨折，住院治疗一段时间后，走路活动虽然不自如，但是生活也能自理，就和家人私下商量，出院回家养伤。

周边的邻居讲，李某回来说，倒了血霉了，被车撞了，轻微骨折，不过不碍什么大事，只要不猛地用力，不干重活儿，静养休息，过段时间就好了。

邻居笑话他："你个傻子，别人被车撞了，没病都要住在医院里装病，住上几个月，出院时什么营养费、误工费、赔偿金，乱七八糟的一大笔钱就到手了。你可倒好，回家养病来了，到时候谁还赔给你钱呀！"

李某想想也是，咱不讹人，但也不能亏了自己。

李某找来了自己的亲戚陈某，向他诉说了这件事情。

陈某和开车撞人的原某是邻居，关系很不错，在陈某的撮合下，原某和李某达成协议，人是被撞伤了，虽然不严重，但也得治病，该看病看病，不用一直住院，把住院的钱省出来给李某，等伤愈之后，再给李某一笔赔偿金。

伤愈后，原某也遵守诺言，在邻居陈某的见证下，支付给李某一笔赔偿金。

至于究竟赔付给李某多少钱，除了当事三人，谁也不知道。但邻居们跟着三人去饭店吃饭喝酒，饭后原某还专门向饭店多要了些发票。

再后来，原某向保险公司索赔，保险公司只理赔住院期间产生的费用，其他费用一概拒绝。于是，原某一纸诉状把保险公司告上了法庭。

韩旭辉问宋献堂："你觉得，保险公司为什么拒赔呢？"

宋献堂想都没想，立刻说道："那还用说，他们三个人商量的赔偿金额，谁知道究竟是多少，保险公司又不傻，总不能你说赔了多少就给你多少吧。那保险公司不得赔死呀。保险公司也不对，人是出院了，但伤还没好利索，也会影响生活和做活，也会产生辅助治疗的药费，误工费、陪侍费、营养费也必然产生，保险公司做得也不近情理，不能吹毛求疵一推六二五。双方都有过错，都应该坐下来商量商量，合情合理地解决。"

韩旭辉笑了笑说，开庭的时候，咱们听听双方的说辞吧。

来马厂法庭立案前，原某跑了好几家律师事务所，想请律师代理自己打官司，律所的人听他要起诉的对象是中国人民财产保险公司长治市分公司长北营销服务部，又简单询问了一下案情和诉求，态度变得和开始不一样了，都变着法子婉拒了原某。

原某不知道为什么这样，律师有生意怎么还不接呢，找了个懂门道的人打听了一遍才知道，保险公司有专门的法务部门，这个部门专门研究合同有没有漏洞，聘用的法律顾问都是法律界资深人士，若没有十足的把握，普通律所的律师绝不会浪费时间和保险公司打官司。

有人告知原某，政府在区司法局设立了法律援助中心，你这种情况符合条件，可以向法律援助中心申请援助。原某向法律援助中心提交了申请和相关资料，中心审查后及时给予了法律援助。

起诉书、答辩状、双方证据都摆在韩旭辉面前，他看了两遍，事情基本清楚了。

原告原某于2012年向马某买了一辆二手车，但车辆直到现在来法庭打官司时，仍然没有过户，但是2013年，原某为这辆二手车购买了交强险。

2013年11月8日，原告原某驾驶这辆二手车经过王庄矿风井院内，李某骑着电动车也经过此处，二人迎面相撞，李某受伤，电动车也被撞坏。原某把李某送往和平医院救治，医院诊断李某为骨盆骨折。在医院救治一段时间后，李某没有继续住院治疗，而是返回家中养伤。

事故第二天，原某向当地派出所报案，但没有向交警队报案，派出所民警调查证实了当天确有车祸发生。随后，原某向保险公司报了案。接下来的一段时间，李某多次前往医院诊治，但均未住院治疗。等李某病情好转后，原某和李某达成了赔偿协议，除去在医院的治疗费二千五百九十元后，原某再赔偿李某误工费、营养费、护理费、交通费等共计三万六千五百元。

原某和李某的赔偿协议在陈某的见证下签订。原某和见证人陈某是邻居。陈某和李某是亲戚。

补偿协议签订完毕后，原某要求保险公司进行理赔，理赔金额是补偿协议的金额加医院治疗费用共四万元。

保险公司只理赔住院期间的费用，居家期间的费用拒绝理赔。

保险公司的法务部门专门为这个案子开了个会，还申请上级的法务团队前来协助。

保险公司的会议上，有的法务人员认为，原某的行为中，有很多行为和动机本身就经不起推敲，上了法庭，光是庭审答辩阶段，就有十足的把握能让原告败诉。

法务部门的主管和上级派来的法律顾问却不这么认为，开会之前，他们已经通过各种渠道获取了韩旭辉庭长的信息。对韩旭辉在郊区法院立案庭的工作作风、韩旭辉调任马厂法庭庭长后的工作作风、审理的相关案件，有了基本的了解。对于法务部门来说，获取这些信息很容易，多找几个律师同行询问几次就行。

同时，法务部门主管和法律顾问也认为，这是一个大概率能赢的官司，因为原告的行为有骗保的嫌疑，因而声称要将原告送进监狱，这是一个以退为进的策略，最后逼迫原告放弃诉讼。保险公司欲用恫吓战术让对方当事人签订"城下之盟"。

法院不是给你家开的，你想咋地就咋地。以大欺小，以强欺弱，保险公司想得倒美。

这是马厂法庭启用以来，第一次涉及保险公司理赔纠纷的案子，恰好又是韩旭辉庭长主审。

韩旭辉此时还不知道，保险公司的法律顾问们，开会研究的重点是把案件突破口导向骗保：民转刑，扣上大帽子，迂回包抄，实现拒赔的目的。让主审法官进入设定的案件导向，是整个案件胜诉的关键。

这也不奇怪。案件进入法院，不管是自然人，还是法人单位，不管案子大小，毋庸讳言，都是一场大大小小的博弈。

法官的态度，将会决定一起起案件的审理结果。

韩旭辉就像是天平中间的刻度，他偏向哪一方，哪一方就会受益。

到了开庭审理当天，诉讼双方按时进入审判庭。随着审判长和审判员走上审判台，书记员宣读当事人权利义务和法庭注意事项，法槌敲响，双方落座。

法庭上，按照流程，诉讼双方表达了各自的诉求，提交了相关证据，阐明了相关法律依据。法庭调查和法庭辩论阶段即将结束，韩旭辉脸色平静，言语平和。

控辩双方都是咄咄逼人，都想先声夺人、先入为主，都想抢占制高点，都在察言观色，这招似乎没有用。

双方律师心里有点没谱了。原告的代理律师，是法律援助中心的法律工作者，面对保险公司律师的强势应诉，面见沉静如水的韩旭辉，心想，保险公司财大气粗，强力强势，这场官司输了。

原告代理律师气馁了，心里盘算着，等一会儿离开法院，该说什么话去安慰原告。

被告代理律师心里也忐忑。这韩庭长一脸严肃，并没有在意他的声色俱厉、言之凿凿。这官司怕是不会稳操胜券。

很快，案件审理进入法庭调解阶段。韩旭辉这时候才开始发表自己的看法，像和朋友们在一起聊天一样，娓娓道来。

原告买了别人的二手车，没有过户，发生车祸后向派出所报案，而不是及时联系交警和保险公司，这是原告的过错。可我们应该想到原告是个大字不识几个的老百姓，他是不懂相关知识才产生的失误。在他的眼里，派出所的警察是万能的，啥都该管。而且派出所警员和交警穿的衣服一样，在老百姓眼里是一回事。因此，没有及时报案不能作为赔偿与否的决定性依据。客户买了保险，保险公司就应该履行相关的法律职责，客户的法律权益应该得到保障。

原被告对车祸受害方的赔偿金额，是本案调解的焦点。

"建议你们心平气和，能换位思考，能站在对方的角度去考虑问题，将心比心，以心换心。"

随后，韩旭辉又翻开一个小笔记本，补充了几点事故发生当天的细节，还有和平医院医生的口述证明，接着又指出了原告的几处夸大之词。

对案情有如此精微的把握，双方律师明白，开庭前这位韩庭长肯定是进行了庭前取证，事故发生当天的细节，需要走访很多目击证人才能得到这么详细的证据。端坐在审判长韩旭辉身边的人民陪审员宋献堂不由得生发出满满的成就感。

韩旭辉一番苦口婆心、语重心长的话语直击心窝："我们看看这拄着拐杖打着石膏的当事人，他因为事故已经受了罪了，这份痛苦不在自己身上是体会不到的，但我们想想，这苦痛要是在你自己或者亲人身上呢？不要因为原告没有继续住医院，就不会产生治疗费用，就没有误工，就不需要补充营养。伤筋动骨一百天，我们不能因为不在医院治疗而是居家调养就一点都不理赔了，还说人家是骗保，这是道理和情理吗？法律不是凭空而定的，法律是道理和情理的体现。"

顿了顿，他低头像是对大家说，又像是对自己说："不要让老百姓再为难了。老百姓活得不容易啊！"

他抬起头，又是一番言语："原告啊，你也有不对的地方，你不能夸大其词，虚报金额。你也应该及时向保险公司申报你的实际治疗费用。保险公司也不是随随便便就能给付钱款的。"

双方的律师这下彻底明白了韩旭辉的立场，既不袒护原告，也不偏向被告，天平的刻度永远在中间。

双方律师心想，怪不得刚才在法庭上，韩旭辉没有过多地询问双方，更多的是在倾听和辨析。开庭之前，他已经做足了功课，这个案子的细枝末节和关键之处，连双方律师都不知道，他却了如指掌。这不是在主持调解，这是结结实实地给当事人和律师们上了一课。

双方律师和当事人对主审法官韩旭辉刮目相看、心悦诚服，调解起来也就不那么针尖对麦芒了。几番来回之后，协商出一个双方都能接受的金额。

不过，案子是以判决结案的。但判决结果已经心知肚明了。这里边有个缘由，保险公司是属于金融性质的公司，不愿意承担嫌疑。虽然他们认可在不住院期间产生的医药费、误工费、营养费等是客观存在的，但是要让自己认可，怕人误解有猫腻或者徇私。法院判吧，只要法院判了，咱就认可。横竖有出处，上下有交代。

法槌落下，一槌定音。胜败皆服。可休庭后，韩旭辉拍拍原告的肩膀说："买了车，就得了解相关的法律知识，谁都不希望出事故，可万一发生事故，第一时间给交警和保险公司打电话报案，这是常识，每个车主都必须具备的常识。给受害人赔偿，不经过保险公司，还想着你说多少就是多少，你以为能绕过保险公司？"

自从那件案子开始，宋献堂便明白了自己的职责，除了书面上说明人民陪审员具备和法官同等权利外，还需要发挥自己对环境和人熟悉的特点，帮助法官了解案情。

而在后来的案子中，韩旭辉更是经常亲自到村子里调查，不厌其烦地走东访西，不辞辛劳地入户做调解工作。

自古以来，邻里关系是一种重要而亲密的关系。虽然远亲不如近邻，但勺子和锅沿总会有磕碰。

宋献堂不止一次和韩旭辉一起现场勘验。韩庭长穿着一双运动鞋，带着皮尺、相机、图纸等工具，进进出出每一家院落、每一间房屋，亲手摸摸每一棵树，熟练地丈量每一块土地，认真查验宅基地上房子的滴水情况，就连农户家里的鸡窝猪圈他都要亲自看看，还问清养了多少只鸡，这鸡窝里的鸡粪多长时间清理一次。邻居家的狗撵不撵鸡，鸡受了惊吓会不会影响下蛋。鸡飞狗跳，会不会影响街坊邻居的日常生活。邻居之间日常有没有其他心结和龃龉。

宋献堂琢磨了很长时间，小村子里，因为鸡毛蒜皮的小事，闹上了法庭，不管谁输谁赢，没什么大不了的，韩旭辉好歹是个庭长，是个官，至于这样贴心办案吗？

韩旭辉摇头说，你觉得是鸡毛蒜皮的小事，在当事双方眼里，却是天大的事儿，是过不去的坎儿，把理讲清，把坎填平，才是当事双方最在意的。只有把当事人家里的实情摸准，法槌敲出的声音才好听。

宋献堂想想，真是这个理儿。再想想，光说不顶用，韩旭辉是实实在在做到这点的人，这才是宋献堂最佩服他的原因。

贴心、细心又热心，宋献堂咋看韩旭辉咋顺眼，时间一长，二人便成了挚友。

韩旭辉随身带个小本本，随走随记。对基层法庭常常接触的五类案件，他有着自己的见解。更是珍爱从其他处看到的一首朗朗上口的诗歌，时常翻看：

邻里双双找法院，
邻也有怨，里也有怨，
远亲真不如近邻。
闲言碎语抛一边，
邻也心安，里也心安。

夫妻双双找法院，
夫也不愿，妻也不愿，
一日夫妻百日恩，
心平气和谈一谈，
夫也不散，妻也不散。

父子双双找法院，
父也难堪，子也难堪。
孝敬父母日三餐。
父也心欢，
子也心欢。

朋友双双找法院，
朋也为难，友也为难。
一个好汉三个帮，

矛盾纠葛看平淡，
朋也不烦，友也不烦。

公司企业找法院，
真也可鉴，假也可鉴。
诚信经营最靠谱，
互利互让调解断，
你也发展，我也发展。

有了纠纷找法院，
大事也管，小事也管。
法官是你贴心人，
调解合法又自愿，
你也欢颜，我也欢颜。

因法律规定，人民陪审员任期只能一届五年。五年后，宋献堂虽然不再担任人民陪审员了，但和韩旭辉还是好朋友。不止逢年过节问候，平时有什么稀奇事儿和心事，宋献堂也都习惯打电话给韩旭辉。韩旭辉也喜欢和老宋聊天。言谈之间，坊间的趣闻轶事、社会动态、百姓关注的问题就通过这个渠道，流进了韩旭辉的心窝里。

宋献堂这个老朋友还真成了韩旭辉法官办理案件的"千里眼""顺风耳"。

我的老屋谁做主

2017年4月的一天，韩旭辉下乡归来，一进法庭，就看到有个六十多岁的老人，向立案员倒苦水。

老人名叫张永福，1954年出生，是漳泽电厂的退休职工。

张永福出生在距离漳泽电厂不远的马厂镇临漳村，年少时勤奋好学，考上了小学、中学、高中，后来又拿到了大专文凭。要知道在解放初期，有大专文凭意味着国家分配工作，端铁饭碗吃供应粮，户口也从农村户口转成城市户口。张永福进入漳泽电厂工作，成为一名国企员工。

张永福的父母于1965年以张永福的名义，购买了村集体临街五间瓦房的其中三间，另外两间由别人购买。房屋结构为土木结构平房，青砖基础，砖雕门窗。房屋建筑面积东西长九米，南北宽五米，房屋的朝向为坐北朝南，坐落在村西北。

张永福小时候就生活在那三间临街房屋里，直到他进入漳泽电厂工作了一段时间，拿到电厂分配给员工的福利房后，才从临漳村的家搬到了漳泽电厂的新家。漳泽电厂给他分配了新的职工福利房，他在漳泽电厂一直定居到现在。老家的老屋就一直闲置着，既未对外出租，也无人看管。

2015年，从工作岗位上退下来的张永福心血来潮，想回阔别已久的老家临漳村看看，看一看儿时生活的地方。到了他在临漳村的老宅时，吓了一大跳，他的家没有了。准确地说，他临街的房屋横着少了一半，后墙和房子中间没有了，只剩下临街的一堵墙。像一个人的后脑勺被砍掉，只剩下了前脸。而被拆掉的地方，新建起一堵墙，变成了后院邻居家的前院墙。

张永福整个人都懵了，这是什么情况？张永福来到后院邻居家，询问："你家的院墙怎么盖到我家屋子中间了，还把我的屋子拆了一半。"

后院邻居叫高良路，比张永福大七八岁，是个刚满七十岁的老头。高良路见张永福上门打听，眼睛一瞪，说："你谁呀？"

张永福说："我是张永福，你不认识我啦？我就是在这个村子里长大的。"

高良路摇摇头："不认识，我在临漳村活了七十多年，没见过你，也没听说过有你这号人。"

张永福说："你家前边这座房子，是我的老宅，我从小就住在这里，你为什么把我的房子给拆了？"

高良路声色俱厉："什么你的房子，谁拆了你的房子？不知道你说的是什么，别在这里胡咧咧。"

高良路说着，连推带搡，把张永福赶出了院门。

张永福当下气得够呛："这不是活人眼里舞拳头吗。自己的房子虽然很多年没有居住过，可也不能想拆就拆呀，这还有没有王法了！"

张永福找到临漳村的几个亲戚朋友了解情况。其中有一个是张永福同父异母的兄弟，另外几个是儿时玩伴。

原来，去年上半年，村里给高良路家批了宅基地，恰好在张永福房子的后边，宅基地批下来后，高良路便开始建房子，等主体房屋建成后，开始修院子和院墙，最后把张永福房屋的后半部分拆掉，建成了院墙。

一个村子的，又是临街建房，大家每天都能看到建房进度。最后垒院墙时，高良路和他的两个儿子亲自拆除，他的女儿在旁边帮忙。

大家见张永福的房子被拆了一半，漠然置之。这种事情应该是事前谈好条件才会拆除，没有谈好条件就拆人家的房子，是违背常理的。街坊邻居、亲戚朋友也没在意，张永福长久生活在矿区，平时也没什么交往，都以为这是他两家的交易。

张永福去临漳村村委会反映这件事，村委会派了调解主任李生旺处理。可没想到，从2015年开始去找高良路协商，一直到2017年，两年时间，高良路根本不搭理张永福，不是闭门不见，就是没说几句话便把张永福推出门，最后一次上门找高良路，高良路的小儿子许利岗发飙了，威胁张永福，说再这样来无理取闹，就别怪他不客气了，来一次打一次。边说还边挥拳上前，欲对张永福动粗，被民调负责人李生旺阻止。

张永福无奈，只好来法庭递交起诉状，起诉高良路和他的两个儿子。

张永福说的是一把眼泪一把鼻涕，立案员和来拿资料的书记员听得也是义愤填膺，随着原告谴责对方，言下之意这官司结果已经是铁板钉钉了。

这件事情被正好路过立案窗口的韩旭辉庭长看到了，立案窗口就在法院进门右手侧，出去进来都要路过。

等张永福离开后，韩旭辉对立案员和书记员说，来法庭打官司的，哪个会说自己不占理？哪个不是一肚子的委屈？但究竟事情的真相是什么，必须再听听被告的说法。有起诉书，就有答辩状，有提交证据环节，就有质证环节，开庭审理还有双方答辩，这样才公平。千万不能听信一面之词，更不能偏袒任何一方，否则，法庭会变成被别有用心之人利用的工具。你们今天的一番话要是传到被告的耳朵里，传到社会上，听者有心，产生歧义，这对我们将来的中立审判可能会制造障碍，增加难度。

立案室是我们法庭的耳朵和眼睛，但不是嘴巴。对所有进入法庭的当事人，都要热情接待，温情温馨，但不能有明显的倾向性。要站在原被告双方的立场去思考问题。溢于言表的同情可以有，但要有分寸，不能站在一方当事人的立场上同仇敌忾，不能单独和一方当事人声气相投。今天原告向你倾诉委屈，明日被告来诉说冤枉，你该声援哪一个？你该倾向于哪一方？

立案员和书记员似懂非懂，韩旭辉笑笑，言语之间多了宽慰："我在你们这个年龄，也有这样的冲动。我们法院人啊，有血有肉，有情有义，不是植物人。心里翻江倒海，甚至怒不可遏，面上还要波澜不惊，理性冷静，从容应对。这也需要历练。慢慢来，经验是在实践的长征路上取得的。"

看着年轻人羞愧的脸色，他转移了话题，问起了他们近期的自学情况。韩旭辉耐心地和他们叙谈，鼓励他们趁现在年龄尚小，精力充沛，记忆力好，要为自己人生的下一场精彩做好准备，并说："机遇总是垂青于那些有准备的人。你们在学习上遇到什么问题，大家共同来答疑解惑。你们要留心自己接触的案例，法庭是你们司法实践的舞台，这样的机缘千万不要让它擦肩而过。"立案员和书记员刚从学校毕业，是法庭聘用的，严格意义上讲，还不在体制内，没有编制，工资比最低工资标准高不了多少，也就是个高不成低不就的临时岗位。韩旭辉鼓励他们在职好好学习，准备参加大考，去更高的平台，发挥更大的作用。法庭就是他们的加油站，会尽力给他们提供条件和帮助，有了培训的机会，优先让他们参加。这一番贴心贴肺的亲切交流，这大哥般的温馨关切，让立案室的两个年轻人倍感温暖。而这样的场景，让马厂法庭的这些游离于编制之外的书记员、法警都不止一次地亲历，而且受益匪浅。后来，他们都像一只只雏鸟，出窝了，出彩了，飞翔在更高更阔的天空，这和韩旭辉庭长的教导和关心有着密切的关系。

定了开庭审理日期，被告提交了答辩状，韩旭辉给人民陪审员王和平和任毅打电话了解情况。

2012年到任马厂法庭庭长后，韩旭辉很重视人民陪审员的布局，大厂矿、各个乡镇，区域连片，尽量覆盖马厂法庭辖区全域。

马厂法庭管辖审理的是一审民事诉讼案，大部分都是家庭关系处理不恰、夫妻离婚、邻里纠纷、厂矿的劳资纠纷等等，是些鸡毛蒜皮的小事引发的不可调和的矛盾，而每个区域选用的人民陪审员，都是当地有威信的消息灵通人士，对双方引发矛盾的根根梢梢都了如指掌。良医良方的前提是把准脉、对症下药。此刻，这"无袍法官"的作用就凸显出来了。给主审法官的建议也十分有效，是提高诉讼效率和节约诉讼成本的重要因素。

与王和平一番交谈后，韩旭辉对此案了然于胸。

原告张永福原来确系马厂镇临漳村的村民，原告的父母以张永福（购买房屋时名字为张传福，张传福就是现在的张永福）之名和李树秀一起购买了临漳村1964年建造的集体房屋五间。五间房屋中，西三间为张永福所有，东两间为李江云（李树秀之子）所有。原告有原来临漳大队管委会和马厂人民公社管委会盖着印章的"房屋草契"，也有盖着长治市人民委员会印章的"房屋正契"。老屋的产权应该是张永福的。

但张永福去漳泽电厂工作后，户籍迁至漳泽电厂，由农业户口变成城镇户口，村里虽然有房子，但他法律意义上已经不是临漳村的村民了。

不是临漳村村民，就意味着失去了宅基地使用权，而根据相关法律，张永福虽然失去了宅基地使用权，但还保留着宅基地上建筑的所有权和使用权。

1992年国家大范围普查和办理房屋产权时，没有给张永福发放宅基地使用证。

张永福一直居住在漳泽电厂生活区的楼房里，对这件事也没当回事儿。

他在临漳村的老房子，虽然因为长期无人居住打理，年久失修，房屋破败，但没有改变原貌。

村委会依照法律法规，想收回张永福破败的旧房子，作为宅基地供别的村民建房。这种情况通常会适当对原屋主做些补偿，但需要与之沟通好。

张永福的房屋临街，位置较好，他希望能获得多一些的补偿。临漳村试图将张永福的房屋宅基地批给村民，宅基地上的建筑补偿由村民解决，但村民们一打听，张永福希望拿到的补偿价格有点高，一时难以承受，这件事情就搁置下来了。

高良路作为临漳村村民，有使用宅基地建房的需求，经审核后村委会批给他一块宅基地，在张永福的房屋后面。长治市郊区国土资源分局《城镇居民建房用地审批表》写着：高良路取得的宅基地南北长十三点三米，东西长十米，面积为一百三十三平方米。

村委会对宅基地是统一规划，高良路一排的邻居，宅基地南北都是十八米，而高良路因为张永福的房屋挡在前面，只拿到了十三米，比别人少了五米。

这就让高良路不平衡了。

又有多事的人挑唆："前面的房屋已经变成危房了，况且宅基地早晚得收回，直接给拆了，得到你应该得到的，和大家相同的宅基地面积。"

高良路心想也是，张永福和村委会僵持，村委会不待见他，先把房子给他拆了，把生米做成熟饭，到时候即便给他点补偿，也是自己占着主动权。

高良路等房子主体建成后，麻利地拆掉张永福前面的老屋，把自己的院墙盖进了张永福老屋里，和同一排的同村村民的宅基地一样，南北十八米。

张永福祖宅有一半不翼而飞。

开庭审理时，原被告双方在法庭激烈答辩，立案那天的书记员李娜，担任了本案的书记员，认真听完双方的答辩，对事情的来龙去脉才明明白白，才洞悉为什么韩庭长要说"听了原告听被告"这句话的含义。

案件最终圆满结案，高良路以赔礼道歉和现金补偿的方式为张永福的维权画上了句号。

王和平和任毅也听到了韩旭辉去世的消息，二人乘坐同一辆车赶来高速路口，见到宋献堂，便把车停靠过去。

三人站在车边，默默无语，静静守候。

新官岂能不理旧事

冯健华也早早地来到高速路口。他也是韩旭辉主审案件的当事人之一。

事情闪回到几年前。那是2015年的一天早上。吃过早饭，冯健华看了看表，时间还早，刚刚7点多。

他洗刷了碗筷，拿了拖把，到院子里放了半桶水提到屋子里，把家里的地板来回拖了两遍，再看看表，差几分钟到8点。

还是有点早。冯健华点了支烟，坐在座钟旁，默默地抽烟，一根接一根，一屋子烟雾弥漫。

到8点多，冯健华这才起身，锁好房门和院门，朝村委会走去。

昨天打听过了，今天村委会开会，村委会主任、副主任、村委委员都在。这是他心里谋划了好久的，专门在他们开会的时候闯进会场说事。他也是被逼无奈，才生出这个念头，想出这个不是办法的办法。已经到了这个份儿上了，必须大闹一场，他做好了狠狠干一架的准备。

进了村委会院子，推开会议室的门，果然，村干部们都在，围着会议室的大长桌子坐成一圈，村委会主任端坐中间。

"你干什么？我们在开会。有事等散会后再说。"村委会主任一看见站在门口的是冯健华，就皱起了眉头。

"不行，现在必须当着你们村干部的面把话说清楚，我的赔偿款什

集思广益　杜先红/绘

么时候给我？"

"我不知道这回事，怎么给你？拿什么给你？快出去。"村委会主任右手掌向外拨拉着，话音明显带着不耐烦。

"凭什么让我出去？你们不是在开会嘛，正好研究一下，我的赔偿款呢，我要我的赔偿款。"冯健华说话的音调也高了几分。

"你这不是胡闹嘛，我们有重要文件要学习，你不要在这里捣乱。"

"学习文件的目的不就是要你们为百姓好好办事吗？不行，今天你必须给我个说法，我要我的钱。"

"你不要故意在这里捣乱，告诉你，你这可是犯法的。"村委会主任居高临下，字正腔圆，神色严肃。

冯健华昂了昂头，挺了挺胸，又近前一步，堵在会议室门口，声音又加大了分贝："告诉你，你要不把我的钱给我，你就别想开会，别想工作。你的工作不就是把应该赔偿给我的赔偿款给我吗？这不是你该做的工作吗？"

村委会主任站起来走到冯健华面前，气势咄咄逼人。

冯健华迎面而上："怎么，你要打人是吗？你打，你打呀。"

互不相让，唇枪舌剑，剑拔弩张，有人赶紧过来把二人拉开。

村委会主任指着一个村委委员说："打电话，报警。"

拨通了派出所的电话，说有人在村委会闹事。

村委会主任坐回自己的位置，铁青着脸。

开会的人都不说话，会议室里只剩下冯健华在大声呼喊："给我应得的赔偿款，给我我的钱，钱是我的，凭什么不给我？"

"有权咋啦？有权就是让你们来欺负老百姓的？"老人声嘶力竭地呼天抢地。

十几分钟后，一辆警车驶入村委会院子，车上下来三位民警。

会议室内的人们隔着窗户看见警察来了，站起来向会议室外走去。

冯健华也看见警察来了，仍然不管不顾地伸开双臂拦在门口，大声喊叫："给我我的钱，不管谁来了，也得讲理。"

警察走近冯健华："是不是你在闹事？你是干什么的？"

冯健华转头冲着警察说："我没闹事，村委会不给我的补偿款，我来要我自己的钱。"

会议室里的人要出来，警察要进去，冯健华拦在门口，不让进也不让出。

警察见冯健华蛮横地挡着门，一点都不畏惧警察，嘴里连声喊着给钱给钱。事出必有因，或许这人真的和村委会有算不清楚的账。但不管怎样，有事说事，拦着一屋子的村委会干部不让进出，大吵大闹，这就不对了。

警察耐心劝冯健华："有事你说事，你这样的行为可不对，有理也没理了。"

冯健华一听这话，顿时委屈，说话带着颤音，几乎快要哭了出来："我会好好说话，我都不知道给他们说了多少好话了，警察呀，你们问问村委会主任，我三天两头往这里跑，比上班还频繁，哪次来了不是给人家说好话，求爷爷告奶奶的和人家说了多少好话，可就是不管用啊！"老人拍着大腿诉苦。

警察又劝冯健华："你这样也解决不了问题呀，这样不是越闹越僵了吗？走，咱找个地方好好说。"

冯健华见几个警察面善话软，不像是来抓自己的，就把腿从门槛移出，站在台阶上，向警察倾诉："我2008年承包了村里三十亩果园，我和村委会签下的合同上写着，承包期限是三十年。2011年的时候，市里面有个什么文化产业园区要征收村子里的土地，郊区国土局来村子里量征收土地面积，我承包的果园也在国土局的征收范围里。国土局量完了土地，又派了一家评估公司的人来对我承包的果园进行评估，最后评估了二十多万元。咱也没什么意见。后来，国土局就把征收补偿的钱给了村委会，我那二十多万也给了村委会，然后我就来和村委会要我的钱，村委会主任不给呀，一遍一遍地要，就是不给呀！你说我个老百姓，以前种果园，能挣个仨瓜俩枣顾着一家人生活，现在果园也没有了，赔偿给我的钱也不给我，这让我们全家可怎么活呀……好几年了呀，一直要，一直要，村委会主任就是推三阻四不给我呀。"冯健华说着说着，忍不住就号啕大哭了起来。

民警听了冯健华的话，问村委会主任："周主任，他这话是真的还是假的？"

村委会周主任说："别听他胡咧咧，我就不知道这回事儿。"

冯健华立刻急了，冲到村委会主任面前吼道："你敢说你不知道？你敢说？你不是这个村子里的人？村子里征收了这么多土地，好多村民都拿到了征收土地的赔偿款，你敢说你不知道？你家的七分水浇地被征收，你敢说你没有拿到补偿款？"

冯健华越说越急，说急了眼，就往村委会主任身上扑。

警察眼疾手快，赶紧拦住了他，把他拽到一旁："干什么呢你，不是和你说了，有话好好说，不要闹事。"

冯健华吼道："我好好说管用吗？你们看看我好好说话管用不？"

警察又把他往远处拽了几米远，小声说道："你要动手，可就真的违法了，就得戴上手铐去看守所了。"

"我实在是受够了，住看守所就住看守所，我今天非得打死这个坑人的王八蛋！"

警察眼见冯健华的劲儿越来越大，便用力抱住他，旁边的警察也过来帮忙，把冯健华连拖带抱地弄进了警车里，两个人一左一右把他控制在座位上，顺手把警车的门关上。

警察又来到村委会主任跟前，询问前因后果。

村委会周主任说："他胡说，赖到村委会头上，我就不知道这回事儿，他就是个无赖，无理取闹。"

又问了几句，见村委会主任一直是这些话，便不再询问，转身上了警车，离开了村委会。

冯健华在车上连哭带叫："你们这就是官官相护，欠我的钱不给，你们还抓我，有没有天理了，有没有王法了？"冯健华的声音有点绝望，脑袋直往前面的车座上撞。

警察在旁边一边拦挡他的过激动作，一边好言劝导："你有理，还怕找不到说理的地方？可你要动手打人或者闹事，那就真的没理了。"

"你们警察不就是说理的？他不给我钱，你们不抓他，抓我？"

"你这属于经济纠纷，和你说句实话，我们派出所真的管不了，我们倒是想管，可没有这个权限。"

"你们都管不了，谁还能管得了？"

"经济纠纷，建议你先找个律师问问，向人家请教一下该怎么办。不过我们得告诉你，千万别再闹事了。你家在哪里？"

"我家，前边，就快到了。我家里没人，今天我把媳妇孩子都支出去了，出了事我一个人顶。"

"你冷静点，想想我们刚才和你说的话，千万别闹事，记住啊。"

警车向前行驶了不远，停了下来，警察打开车门，让冯健华下了车。当冯健华关上车门准备走的时候，警察又隔着车窗交代："别闹事了。记住，这都是为你好。你这事归法院管，你找个律师事务所咨询咨询。"

看着警车渐渐走远，冯健华心想，警察不抓我？是真的为我好？

冯健华走回自己家门口，掏出钥匙开院门回了家，躺在床上，一身疲惫，比下地干了一天农活还累。

冯健华想着警察和他说的那些话，警察和村委会主任不是一伙儿的？有说理的地方？哪里是说理的地方？要不，去找个律师问问？

冯健华老老实实地种了一辈子地，很少和人红脸，今天真是被逼急了才去村委会大闹了一场。下一步该怎么办，他一个人思来想去，心想还是听警察的，找律师问问。

冯健华给媳妇打电话，让她和孩子早点回家。

媳妇孩子回家后，冯健华问孩子，有没有熟人认识律师。

他的孩子三十多岁，已成家，平时帮着他在果园干活，闲下来的时候在建筑工地打短工，想了一圈，也想不起自己的哪个朋友认识律师。

冯健华把今天的事儿说了一遍，说明天想去找个律师问问。

儿子顺口说，找律师就是要打官司，得去法院。

冯健华想了想，把心一横，干脆去法院。

第二天，冯健华来到郊区法院，问了问门口的法警在哪里打官司，法警把他领到立案庭的窗口。

立案员问了情况，说你要打官司，不用来郊区法院，就到你们马厂镇的马厂人民法庭。

冯健华说，我不去法庭，就要在法院打官司。

立案员明白他的意思，微笑着向他解释，马厂人民法庭就是郊区法院的派出机构，和法院是一回事儿，为了方便百姓，不用让百姓来回跑，才把法院的法庭搬到了马厂镇。大叔您放心，马厂法庭就是法院，是一回事儿。

立案员以前遇到过这样的情况，老百姓只认法院，不认法庭，立案员知道他们的疑惑。

立案员又耐心解释了一遍，冯健华这才将信将疑。立案员把马厂法庭的地址告诉了冯健华，并详细描述了马厂法庭在哪一条街道，附近有什么标志性建筑。

冯健华离开郊区法院，返回马厂镇，找到了马厂人民法庭时，已是中午，快下班了。

进门后，冯健华向门卫打听在哪里立案，门卫把冯健华领到立案窗口。

立案员微笑着问冯健华："您有什么事吗，大叔？需要我帮您吗？"

冯健华愣了一下，说："我要说理，要和村委会主任打官司。"

正好，韩旭辉从楼梯走下来，听到冯健华说要和村委会主任打官司，便停住脚步，在旁边静静地听着。

立案员问冯健华："大叔，您有没有带起诉书？"

冯健华摇头。

"您有没有委托代理人呢？就是说您有没有找律师或者委托亲戚朋友帮您打官司？"

冯健华摇头。

韩旭辉见状，走近两步，对冯健华说："大哥，来，咱们到屋子里去说，说说是怎么回事儿。"

冯健华回头看了韩旭辉一眼，人又高又壮，笑呵呵的，一脸和善。这是何方人士？冯健华一时不明就里，耿着脖子说："不去，我就在这里说。"

韩旭辉一笑："行，你说在哪里说，咱们就在哪里说。"

冯健华见韩旭辉身上的制服和立案窗口里立案员身上的制服一样，就打开了话匣子，把事情的来龙去脉讲了一遍。

立案员听着听着，脸上的笑容不见了，眼睛瞪得大大的，满脸惊讶，像是不相信冯健华说的这件事情是真的。

韩旭辉听着，脸色渐渐严肃了起来。

冯健华见他们脸色不对，心里"咯噔"了一下，问道："你们是不是认得我村那个主任？是不是怕了我们村委会主任，不敢惹他？"

韩旭辉这才反应过来，赶紧给冯健华赔个笑脸，说："大哥，你说的这件事情有没有证据？只要你有证据能证明你说的是真的，别说村委会主任，法律面前谁都得讲证据。"说着，他下意识地扶了扶胸前的法徽："我们认法认理不认人。"

"真的？"

"真的。"韩旭辉冲冯健华点点头。

"证据我有，在家呢，我这就让媳妇和孩子送过来。"冯健华边说边掏出电话焦急地要给家人打电话。

韩旭辉安静地等冯健华打完电话后，对冯健华说："晌午了，咱们先到食堂吃点饭，边吃饭边等你家人把证据送过来。"

韩旭辉向楼梯后面指了指。楼梯后有便门，直通后院和食堂。

冯健华想了想，说："行，咱们去吃饭，这顿饭我请，走，去饭店。"

韩旭辉爽朗大笑，说："大哥，不用您请，就在咱们马厂法庭的食堂吃顿家常便饭。"

韩旭辉领着冯健华进了食堂，帮他盛了碗拉面，二人围坐在饭桌前边吃边聊。

饭吃完，正喝着面汤呢，冯健华的电话响了，他媳妇把证据送过来了，就在法院大门外。

韩旭辉和冯健华出来，来到法院大门口，接过冯健华媳妇拿来的证据，一个牛皮纸袋，外面套着好几个塑料袋。

冯健华媳妇放下证据后交代了一声，还得赶紧回家招呼小孙子，便匆匆离去。

韩旭辉领着冯健华进了立案室，把证据打开，一页一页认真地看。其中有冯健华2008年承包果园时和村委会签署的合同，首页有编号，尾页有村委会公章，时任村委会主任签字，以及冯健华的签字和手印。有2011年，土地局对果园土地进行测量，并制作土地测绘图用于核对果园面积，相关测绘成果经双方确认后签字。有评估公司出具的果园地表附着物价值评估，上面写着具体金额，有冯健华的签字。还有一个手机内存卡，冯健华说，内存卡里是录音，听说土地征收赔偿金拨付到位，村民们拿到赔偿金后，冯健华和他的儿子去土地局询问，他家的赔偿金什么时候才能到手，土地局的人回复说，他家的赔偿金已经拨付给了村委会。

冯健华的儿子当时多了个心眼，和土地局的人说话时，用手机录了音。

事后他们拿着录音放给村委会主任听，对方说这个不算数，是随便找了个人冒充土地局的工作人员胡说的。

冯健华问韩旭辉，当面说的话，录下来的音怎么能不算数呢？

韩旭辉微笑着解释，赔偿金是不是拨付到位，去土地局申请查账就行了，那才是铁证。

看完了证据，韩旭辉心里有了数，当场给冯健华办理了立案手续。

送走冯健华后，韩旭辉抽时间跑了一趟土地局，按照正常程序申请调证，核实冯健华果园赔偿金的账目。

账目找出来后，上面赫然有土地局拨付给冯健华的赔偿金，共计二十一万多元。

韩旭辉取了证，离开土地局，回到法院，让立案庭把应诉书送达到村委会。

韩旭辉对立案员说："这种案子，事实明了，证据确凿，适合走简易程序。"

不久之后，马厂法庭对冯健华的案件走简易程序审理。

在场的仅有审判长韩旭辉、书记员庞璐、冯健华和村委会主任。

审理开始后，冯健华出具了他原有的证据，以及韩旭辉从土地局获取的冯健华赔偿金拨付账目。所有证据都摆在村委会主任面前，请他对证据提出质疑。

村委会主任看着证据，摇头说："这是上一届村委会主任经手的事情，我不知道这回事。"

"那你现在知道了吗？"韩旭辉盯着他发问。

村委会主任沉默不语，仰头看着屋顶。

"村委会账目上，有没有这笔赔偿款？"韩旭辉继续发问。

村委会主任看着书记员在现场记录他们说的每一句话，不敢乱说话了，把头放低，想了想，点头说："也许有这笔钱。具体有没有我也不是很清楚，我得回去问问会计。"

"应该有这笔钱。"韩旭辉又一次亮出他从县国土局调取的证据，"既然有这笔赔偿款，村委会为什么不把这笔钱支付给冯健华？"

"评估公司进行评估时，果园里有八棵果树是属于村委会的。"

"签订承包合同时，那八棵树是好多年的老树，还是生产队那时候种下的树，早就没什么产量了，品种也不好，结出来的果子没人买，村委会答应让我砍掉后补栽。村子里的人都知道。"冯健华情不自禁有些激动，声音高了八度。

"好好说话。"韩旭辉提醒冯健华："既然没有经济价值了，那你为什么不砍掉重新补种？"

"我承包果园后的第二年，准备砍树补种的时候，传出风声，说村子附近要建文化产业园区，要在村子附近征地，我想着砍掉再补种，一是浪费，二是……"冯健华忽然犹豫了。

"二是什么？"

冯健华说："二是，树苗的补偿款低，老树的补偿款高。怪我，我想讨便宜。"

韩旭辉转头问村委会主任："除了这八棵果树，还有没有别的纠纷？"

村委会主任想了想，摇头说："没有了。"

冯健华说："我的这二十多万元，好几年了，存在银行里利息也要好多钱。"

接下来是调解程序，双方达成了协议，原告不再主张利息，被告主张的八棵老树赔偿金，村委会放弃，15日内，村委会支付原告赔偿金二十一万余元，即日生效。

离开法庭时，冯健华紧紧地握着韩旭辉的手，激动地说："真的没有想到啊！要了好几年的钱，终于在咱们马厂法庭要了回来。感谢韩庭长！"

多年的积怨一朝化解。庞璐记忆犹新。调解结案，是韩旭辉倡导的基层法庭办案方式。他经常和庭里的法官、法官助理、书记员袒露心扉："法律的职能不仅是判输赢，决善恶，还有化干戈，止纷争。因对簿公堂，当事人矛盾加深，我们法官的职责就是要解开疙瘩，打开心结，求得和解的最大公约数，这是法官办案的最高境界和追求。判决书再厚，写得再好，案结事不了，也是一张法律白条。"韩旭辉感叹："法官和医生一样，都是治病救人。医生医治的是身体疾病，法官医治的是社会疾病。医者仁心，法者扬善。摸住良心，以心换心。能让一个个当事人怒气而来，顺气而去，法官铁肩担道义，任重而道远啊！"

韩旭辉在办案中将心比心，对同事们更是以心换心。书记员的工资很低，招聘的书记员又是大学以上学历的年轻人，让这些年轻人一直留在基层法庭，每个月拿一千元左右的工资，显然是不现实的。

他对这些跟随他办案的书记员唯一的要求是，尽量学有所用，希望他们能把学到的法律知识和积累的庭审经验用到以后的工作当中。

后来，庞璐考入屯留区人民法院工作，宋司龙考入潞城区纪委工作，武越进入市看守所任职，李娜考取了法律职业资格证。

这都是跟着他办案的书记员，被他鼓励着考出去走向更高更好发展平台的马厂法庭的年轻人。

得知打心眼里敬重的韩大哥突然去世的消息，他们一个个痛心疾首。

判决书岂能是一张法律白条

原来同在郊区法院工作的老王得到这不祥的信息后坐不住了。心里忽然一阵难受，韩旭辉那么有干劲、有活力的一个壮汉，怎么会忽然走了呢？

他点开微信朋友圈，默默找到韩旭辉的微信，翻看他和韩旭辉的聊天记录，越看心里越酸。他盯着一张照片，是韩旭辉获得法院系统奖励时，他在台下拍的，回来后在微信里把照片发给了韩旭辉。

韩旭辉要是不去出差，不去临汾办案，人就没事了。韩旭辉是被案子累死的，老王心想，至少也和这个案子有关系。去临汾审的那个案子是群体案件，韩旭辉跟了这个案子好几年了，太耗心血了。

不止这一个群体案件耗费着韩旭辉日日夜夜的心血。

2015年，韩旭辉审理了一起劳务报酬纠纷案，准确说是五十多起劳务纠纷案合并一起审理。

长治市鸿达环保建材有限公司的砖厂于2014年9月19日停产，砖厂的工人们被通知回家等复工通知。砖厂拖欠了工人们的工资，有的几个月，有的竟然有一年多的工资未结。工人们四处打听砖厂的信息，得知砖厂状况不容乐观，运营管理不善，资金链断裂，短时间内复工复产希望渺茫。

工人们便想着和公司沟通，先把拖欠的工资结算。

现场勘测　杜先红/绘

刚开始，公司相关负责人态度还好，向工人们承诺发放拖欠工资，并给出结算日期。等到了结算时间，公司负责人不露面了，工厂大门紧锁，也不让工人们进厂找负责人协商解决。

工人们在厂门口蹲守了几天，却毫无结果，白白浪费了时间和精力。于是，工人们三五成群，结伴到区劳动监察大队举报。劳动监察大队受理了此案，并与砖厂负责人沟通核实情况，然而砖厂方面却百般推诿。

工人们又找到劳动仲裁委员会去讨要说法，劳动仲裁委员会则以劳动监察大队已经受理此案为由，不予受理。

工人走投无路，一纸诉状将鸿达环保建材有限公司告上了法庭。立案员没有片刻犹豫，迅速办理了立案手续。之前，韩旭辉庭长不止一次叮嘱过：凡是涉及劳资纠纷、拖欠工资等案子，尤其是大范围的群体案件，必须开启绿色通道办理。不要怕麻烦，不要怕累，要善待工人们，要注意安抚他们情绪。这种案件稍有不慎，就可能会导致工人们集体到区政府、市政府甚至省政府门前拉横幅，造成恶劣的社会影响。即便案件后续得到领导重视和舆论支持，被责令办理，最终仍需通过法庭立案审理。与其事后被动应对，不如从一开始就从源头上解决。

虽然都是劳资纠纷，情况大同小异，但也要"一人一案"。五十多起案件短时间要梳理得井井有条需要超负荷工作，虽然法庭只有两名立案员，好在法庭是一个整体，没有开庭任务的就都暂时放下手头工作一起上手，立案事项忙而不乱，一个上午时间，妥妥搞定。

立案后，为了节约诉讼成本，五十多起案件需要合并审理，法庭又联系郊区法律援助中心为工人们提供法律援助。

立案后的第三天，韩旭辉像往常一样上班。他到办公室刚看了一会儿案卷材料，电话便响了。接通后，对方不说话，韩旭辉接连询问"是谁"，"有什么事"，对方还不说话。重复询问两遍后，见对方还是沉默，韩旭辉便挂掉了电话，心想可能是有人打错了。

到了下午，那个电话又打了过来，接通后，那边传过来的声音很生硬："韩庭长，给别人行个方便。"

韩旭辉问："什么意思？"

对方冷言冷语："不该自己管的事情，别较真，别揽在自己身上。"

韩旭辉问："我不该管什么事情？请你明说。"

对方冷笑一声："别装糊涂，一群臭工人，不值得你这样做。"

韩旭辉正襟危坐："我要是非要管呢？"

对方阴阳怪气地说："那就别怪我们不客气，是你自找的。"

韩旭辉问："自找的又怎样？"

对方牙齿紧咬着说："老子开车撞死你。"

韩旭辉笑了笑，挂断了电话。

法官被威胁是常有的事。当面出言不逊威胁的，电话恐吓威胁的，匿名信刁钻古怪威胁的，不一而足，挖空心思的龌龊伎俩多了去了。

他深知，一纸判决意味着什么——证据需辨识，程序要环扣。三尺公堂虽看似庄严肃穆如人间天地，看似风光，实则判重如山。山般的重压之下，法官心中苦楚可想而知。有的案件事实不清、扑朔迷离；有的法律关系复杂，需左右斟酌、抽丝剥茧；有的当事人"在案外"下功夫，胡搅蛮缠，言语过激，甚至威胁；有的反复请托，上蹿下跳……林林总总，法官也是人，要做到绝对心无旁骛，不过是一厢情愿的幻想。其实，一纸判决丝毫马虎不得。即便实体程序你都做得完美，可是，一个小小的笔误也会让法官"吃瘪"。常在河边走，哪能不湿鞋？败诉的当事人实在找不到胜诉的理由，就会对无关紧要的笔误吹毛求疵、上纲上线，甚至吹胡子瞪眼——即便法官依法出补正裁定，他们仍会断章取义，四处上访告状，甚至做出喝农药、围堵法院或政府机关大门、扯黑布条、撒小传单等极端举动。闹得法院和法官灰头土脸、尴尬无奈。有法官同事曾戏谑地说，一纸判决，就是一纸"苦命书"。别说实体和程序的公正了，就连标点符号和字词组织也一点不敢马虎，用"如履薄冰，战战兢兢"来形容，或许有点夸张，但用"字斟句酌、下笔如铅"来描述，倒是恰如其分。

权且打住，还是言归正传吧。

韩旭辉立刻通知立案员发通告，案件正常审理。又让人联系媒体，发布案件消息，凡是与鸿达环保建材有限公司有劳资劳务纠纷的、债务债权纠纷的、权益纠纷的，尽快到马厂人民法庭提交起诉书立案，并准备好提交证据。还特别告知已经立案的当事人要准时到庭参加诉讼。

工人们也快速传播消息，有的被拖欠工资的工人同事已经奔赴外地打工，便委托代理人出庭应诉。

开庭审理时，被告没有出庭，也没有委托代理人来应诉。被告知道，面对铁证，无论如何也赢不了这场官司。

毫无悬念，工人们赢得了这场官司。韩旭辉当庭宣判，鸿达环保建材有限公司在10日内支付所拖欠的工人工资。

案件审理结束的第二天，电话又打来了，电话那边的语气明显软了，想约韩旭辉吃顿饭，聊一聊。

韩旭辉说："吃饭免了，想聊什么可以在电话里聊，也可以来法庭见面聊。"

电话那边吐槽："不是不给工人支付工资，是真的没钱，公司砖厂陷于三角债，好多应收货款收不回来，导致生产经营出了问题，不得已才停工停产。要不是山穷水尽，谁也不会拖欠工人的血汗钱啊。"

电话那边说着说着，有些哽咽。

韩旭辉听着不像是推托之词，便说："来办公室好好谈谈，好吗?"电话那边犹豫了一阵，答应了。没多长时间，那位负责人来了，进门就先道歉。

韩旭辉心里明白，他的道歉因何而来。韩旭辉也不点破他，给他沏了杯茶，客客气气请他坐在沙发上："有什么情况你好好说，我听听。"

韩旭辉和蔼的态度让他更是手足无措。他身子半坐着，口气诚恳："真的没钱，十天真的筹集不到应付工人的工资。法官就是去现场执行，也执行不到钱，账本流水账户都可以交给法庭，工厂设备也都不值钱，变卖了也不够，何况变卖也需要时间。可变卖了设备，工厂就真的完蛋了，再也没有办法恢复生产了，工人的工资就更没着落了。"他边说边看韩旭辉的脸色，看韩旭辉认真地倾听着，就站起身从口袋里掏出一盒"中华"烟，抽出一支，弯腰讨好地递到韩旭辉面前。韩旭辉摆了摆手，示意他坐下，有话好好说。他没再坐下，而是心存忐忑地说："不过，砖厂在外面有好几笔钱款，如果能要回来的话，不仅能给工人支付钱款，还能恢复生产，让工人们继续工作。"

韩旭辉脸色和悦，详细询问细节后，心里盘算，支付拖欠的工人工资肯定重要，但工厂复工复产，提供就业岗位和税收，这些也重要，总不能活生生地看着一个工厂破产吧。

韩旭辉让那人回去，把相关材料整理出来，再来法庭一起商讨办法。

资料都拿过来看过后证实，那人说的是实话，工厂真没钱了，连雇律师的钱都没有了，但其他公司工厂工地拖欠他们的货款却有好几笔。想支付工人们的工资，真的需要先把欠款追回来。

商讨后，公司起诉欠债不还者，法庭很快立了案，程序也加快审理。工厂那边，负责人以个人名义借了一部分钱，先给工人们支付了一部分，剩下的约定时间支付，并且承诺补偿延期支付的违约利息。

工人们的情绪暂时稳定了，压力落在了韩旭辉身上。几家被告请了律师计划推诿，在证据链清晰的铁证下，虽然一审输了官司，被判支付欠款，但被告在律师的操作下向中院提起了上诉。摆明的态度就是能拖就拖。

韩旭辉派了专人盯紧这起案子。几经波折，他终于帮助鸿达环保建材有限公司追回了第一笔欠款。欠款一到账，工厂立刻通知工人第二天来领工资，并且三天后复工复产。

复工复产时，工厂举行了一个小仪式，工厂的负责人特别邀请韩旭辉和法院的工作人员出席复工复产仪式。

仪式上，工厂负责人先是给工人们道歉，又说明了经营工厂的不易，以及遇到的各种困难，导致了不良后果。但幸亏遇到了韩庭长，他不仅解决了工人工资问题，还让一个濒临死亡的企业起死回生，重新焕发生机。

负责人请韩庭长讲话，韩庭长说："天地良心！法官要摸着良心公正办案，企业也要顺着民心诚信经营。无论何时，我们都要将心比心、以心暖心。我们法院的法官，就是要打通当事人心灵的堵点——顺则通，通则顺，人心顺，企业顺，如此才能生意兴隆、事业兴旺。这是我的感受，也是我的祝愿！"

话音未落，迎来一片掌声和欢呼声。

仪式结束后，负责人非要请韩庭长一行吃顿饭，韩庭长说："还有事，不吃了，法官是你的朋友，也是你的后盾，希望我们和谐相处。"

那负责人虽然一脸尴尬，但还是满脸堆笑。

老百姓的血汗不能白流

一波未平，一波又起。2016年，长治市中级人民法院审理了一起典当行非法集资和经济诈骗的案件。其中的一名被告刘建设是长治市恒祥水泥制造有限公司的法人代表、总经理，刘建设参与了这起经济诈骗案，因此锒铛入狱。

刘建设入监服刑，长治市恒祥水泥制造有限公司下属的水泥厂就有麻烦了。一开始，水泥厂的领导层刻意封锁消息，瞒着诸多供货商和几百名工人，像以前一样经营着水泥厂，他们认为这一切都会过去，只要他们挺过这段艰难时期，水泥厂就会保住，以后还会正常运行。

但没过多久，事态的发展就难以控制了，公司的账户被冻结了，供货商的货款不能支付，卖出去的水泥货款也进不了账户，工人的工资也不能发放。水泥厂管理层内一些人，察觉事情不妙，开始私下想办法结清自己的工资报酬，厂子里没钱就向厂子赊欠一批水泥用于抵账。很快，刘建设被收监的消息就瞒不住了，供货商们堵在水泥厂门口讨要货款，水泥厂的工人们也开始要求支付工资，但水泥厂已经是个空壳子了。

其实早在两年前，水泥厂就运营艰难，资不抵债了，即便账户不被冻结，也拿不出钱来了，所以刘建设才想要拉一笔资金来解决水泥厂资金短缺的问题，没想到卷入非法集资和诈骗，不仅没救活厂子，自己也身陷囹圄。

水泥厂的供货商和工人们急得像热锅上的蚂蚁，四处打探消息，绞尽脑汁寻找门路，结果是心里拔凉拔凉的，陷于绝望。

供货商欲哭无泪，工人们辛苦劳作的血汗钱也悬了——那可是养家糊口的钱，眼看着就要打了水漂。

有的工人早做打算，赶紧联系亲戚朋友找工作、去外地打工——毕竟一家人还要生活，不能在这件烂事上耗费时间，否则自身损失会更大。

一些工人为了尽可能多地追回自己的辛勤劳动所得，他们联合起来，采取了双管齐下的策略：一方面，他们向马厂人民法庭递交了诉讼文件，通过法律途径追回自己的血汗钱；另一方面，他们也到政府上访。

一时之间，这起群体事件成为当地社会的热点焦点，像火药桶一般摆在众人面前。区域内的安全稳定形势严峻，山雨欲来的紧张氛围愈发浓重。

马厂法庭前，韩旭辉站立着，目睹着一拨又一拨的人群纷纷涌入法庭，立案窗口前人头攒动，大厅、门厅、院子乃至大门外，到处都是前来起诉水泥厂的工人们。

面对突如其来的状况，韩旭辉毫不犹豫地指示法庭全体人员紧急协助开展立案工作。不仅限于立案窗口，韩旭辉与审判员郭涵墨、李晋安三人迅速从办公室搬出数张桌子，安置在大厅中，以便帮助工人们登记立案资料。正值酷暑时节，气温超过了三十五摄氏度。韩旭辉安排食堂准备了多锅绿豆汤，供人们解渴消暑。由于立案室空间有限，无法容纳所有人员，加上许多工人是携家人朋友一同前来，院子里站满了等待的人。烈日炎炎，天气异常炎热，前来立案的人们大多焦急万分，马厂法

入企上门　杜先红/绘

庭的现场气氛宛如一个熊熊燃烧的火球。

韩旭辉安抚着大家的情绪，守着三个立案点给工人们立案，从上午一直忙到下午，才算把案件登记完，大家把资料汇总到一起整理了一下，一共八十七个案子。韩旭辉心里思忖，水泥厂好几百号工人，今天只有八十多位工人来立案，明天肯定还会有工人来，说不定比今天来的人还要多。

出乎意料的是，第二天来的人少了很多，只有十几个工人。

韩旭辉有点纳闷，一打听，才知道很多工人已经外出打工了，只有留在当地找到工作的工人，或者暂时没事做的工人才来起诉水泥厂。

工人们又说，水泥厂都倒闭了，还能要上钱吗？供货商把厂子里值钱的东西都拉走了，到最后，要不上钱的、吃亏的还是出苦力的工人们。

韩旭辉又和工人们细聊，这才知道，虽然大家是来马厂法庭起诉水泥厂讨要工资，但心里其实不抱什么希望。毕竟法人进了监狱，水泥厂也倒闭了，拿什么赔付工人工资呢？大家来法庭立案起诉水泥厂，只不过是"死马当活马医"罢了。

韩旭辉心里沉重。之后几天，零零落落还有工人来递交诉状，汇总了一下，总共有一百二十六位工人来立案。

排期定下开庭审理的时间，公开审理。

被告刘建设，监押在长治市看守所，审理当天需要把刘建设从看守所里提出来，需要提前提交提审申请，走完一系列的手续也是很耗费心力的。

虽然前期做了充分细致的准备工作，可开庭当天，还是出现了许多意想不到的小问题。

开庭场地选择在马厂法庭的前院，早上9点开始审理，提前一天就布置好了审判场地，当事人们和亲戚朋友们早早来到法庭，见到被告刘建设从警车上押解下来，大家立刻情绪激动，出言不逊攻击辱骂刘建设，韩旭辉急忙和法庭所有人员安抚大家的情绪，并引导大家立足解决问题。大家听了韩旭辉一番劝告，心想也是，打官司是讨要工资，这才是目的，又不是吵架骂人发泄情绪来了。大家情绪平复了下来，等待法庭的审理。

即将开庭，书记员忽然报告："电脑屏幕看不清。"韩旭辉问："是坏了吗？坏了就赶紧换一台。"

书记员回答："不是坏了，是正好顺光，阳光太强，照到屏幕上，什么都看不清楚，这样可没办法记录。"

不知是未雨绸缪，还是始料未及。韩旭辉现场处置："快去，找把伞来，给书记员遮挡阳光。"

旁边的立案员立刻跑到办公室，不一会儿抱着好几把伞过来，打开一把伞，举到书记员头顶上，书记员报告说："可以了，能看到了。"

雨伞没有固定支架，工作人员正要想办法找东西时，书记员说："不用了，我用肩膀扛着雨伞，伞柄顶在桌子抽屉缝隙，能将就。"

马上要开庭了，韩旭辉也只好委屈书记员，说要是不行就赶紧说，再想办法补救。

执勤法警又拿来几把伞，要给三位合议庭审判员撑起来，韩旭辉指了指身后高悬的国徽，摆摆手说："我们不能打伞。"

法槌敲响，审理开始。工人的起诉书、拖欠工资金额、财务账目核对等被出示在刘建设面前时，刘建设均点头承认。

一起一起案件连续不断地审理，天越来越热，先审理完的工人坐不住了，起身回家等结果；没有排到的工人，也站到墙角、屋檐和树荫下，躲着当头烈日等结果。

审判席上的三位法官，在炎炎烈日下，汗水湿透了制服。

等案件审理了一半时，院子中间空荡荡的，烈日烘烤着地面，蒸腾起阵阵热气。躲在墙角和树荫下的工人们，看着院子中间空空的，再看看几位法官和书记员、律师，还有在周围帮忙的法庭工作人员，全都在烈日下被烤着晒着。

酷暑当头，汗珠顺着脸颊流淌，后背早已被汗水浸透，连衣领都结出了盐花。但他们仍然咬牙坚持着。

食堂师傅见状心生不忍，端来热水想给法官、书记员和律师饮用，却被一一婉拒。开庭不同于寻常的会议，虽说现行法律并未明文规定法官在庭审期间不得自带水杯、不得饮水，但每个行业都有其自我约束的职业规范。这就如同戏曲行当中的讲究——只要锣鼓声响起，大戏开演，纵使漫天飞雪，哪怕台下仅有一名观众，演员也要全身心投入、一丝不苟地完成表演。

法官虽非舞台上的演员，但在庭审这场"情景剧"中，法官同样是核心角色。旁听席上的众人，从某种意义而言，正是对居中审判的裁判者的一种审视。这已然超越了一杯水的范畴，而是关乎国徽之下，代表国家行使审判权的法官形象的塑造。每一次庭审的庄重呈现，不仅是法律程序的严谨执行，更是司法公信力于细节处无声地彰显。

一百二十六起案件，整整审理了一天才审理完毕。法庭的所有工作人员累得、热得几乎快要虚脱了。韩旭辉等三位合议庭法官更是苦不堪言。休庭期间，离开审判台，他们迫不及待地接过食堂师傅递过来的绿豆水，"咕咚咕咚"就是一阵猛喝。喝得急，呛了喉咙眼，又是咳嗽又是眼泪哗哗的。这情景，食堂师傅看着煞是心疼。

正如工人们思虑的那样，赢了官司钱从哪里起土（方言：取用、拿）呢？

正当大家都无可奈何的时候，有一位人民陪审员给韩旭辉提供了一条信息。

水泥厂近旁有一条马路，两边都是商铺，人流量也不少。其中有一排商铺，据说是水泥厂的产业，但没有登记在水泥厂的固定资产账目里，目前这排商铺正对外出租。

韩旭辉立刻调证核实商铺的产权，果然，刘建设的亲戚代持着这排商铺。马厂法庭立刻查封了这排商铺。

有几位水泥厂的供货商得到消息后，便打起了这排商铺的主意。水泥厂也拖欠他们的钱款，他们来要钱时，厂子已经是个空壳了。

听到这边商铺的消息，有位供货商赶紧来找韩旭辉，敲开办公室的门，坐到韩旭辉对面，把情况一一说清，把手续一一展示，继而抛出诱饵："水泥厂欠着我十七万元钱，韩庭长，听说水泥厂还有商铺，卖了商铺，您抬抬手，帮我把钱要到手，我给您五万元好处费，您看怎样？"供货商单刀直入，想用金钱来交换韩旭辉手中的权力。在他的认知里，这笔交易对双方都有利可图，有合作的空间。

没想到，他碰到的是一根钢钉。韩旭辉二话不说，把他赶了出去。

韩旭辉左思右想，心里盘算了几天后，让书记员通知水泥厂的工人们，选几个代表来一趟马厂法庭，有事情商谈。

工人们来了之后，韩旭辉把水泥厂和商铺的事情说了一遍。工人们一听，高兴坏了，商铺卖掉了，工人们的工资就有着落了。

韩旭辉却摆了摆手，说："商铺不能卖。"

工人们热乎乎的心又跌进了冰窟里："为啥不能卖呢？你韩庭长葫芦里卖的什么药啊？"有消息灵通者心里猜度，听说供货商也在打这排商铺的主意，八成你韩旭辉也想吃买卖，要一屁股坐在供货商那边吧？

韩旭辉笑笑："水泥厂二百多号工人，都被拖欠了工资，来立案打官司的只有一百二十多人，还有很多去外地打工讨生活的工人没有来打官司。如果把商铺拍卖掉，得到的钱，勉强能够赔付你们打了官司工人的工资，但你们想过没有，还有很多人被拖欠了工资，这唯一的商铺被拍卖了以后，其他工人怎么办？那可是真的拿不到钱了。设身处地想一

现场办案　杜先红/绘

想，我们能忍心撂下他们不管不顾吗?"

工人们想想也是，不拍卖商铺，岂不是所有人都没有钱了?

韩旭辉继续说:"商铺正常经营着，每年都有租金，如果把租金拿出来给大家，慢是慢了点，但能保证每一位工人都能拿到工资。"

工人们面面相觑，细细思量，还是韩庭长想得长远、细致又全面。这才是深谋远虑，这才是端平了一碗水。

又听韩庭长提议:"你们回去搞个分配方案，先把工人中家庭情况确实困难的登记一下，先赔付他们，然后再赔付大家。"

工人们看着满脸憔悴的韩旭辉，发自内心的敬意油然而生。

工人代表回去，把韩庭长主导的还款方案传达给了大家。方案公平合理、细水长流，大家都同意这个方案。之后，相关的法律程序启动，第一年的租金先行赔付给生活困难、体弱多病的工友。

工人们心里的一块石头落地了，韩庭长交代立案员，这起案子还远远没完呢，几百位工人被欠薪，这才一百二十多位工人起诉讨薪，等过段时间外出打工回来的工人们得到消息，肯定会来起诉，来一个立一个，尽量把这起群体性事件善始善终地处理好。

但大家没想到的是，这起群体性案件从2016年开始，一直到2023年还没有完结，时间跨度竟然长达八年之久。

被告刘建设，在马厂法庭公开审理讨薪案件不久，其参与的集资诈骗刑事案件判决生效，被长治市看守所投送至临汾市监狱服刑。帮助水泥厂的工人们讨要薪资的民事案子，就得去临汾市监狱开庭审理。

这条讨薪之路何其漫长。尽管法人代表刘建设正在监狱中服刑，然而，法院不能任意剥夺一个公民的合法诉讼权利。必须遵循法律程序是不可或缺的。韩旭辉频繁地从长治前往临汾，往返跋涉数百公里，忠实地履行着一个基层法官的职责。

煎饼馃子惹的祸

早在十年前的一次体检中，韩旭辉被检查出心律不齐。2018 年，院里安排正常体检，医生看了体检报告，特别告诫韩旭辉，要他高度重视心脏问题，平时需要注意多休息，不要过度劳累，适当进行低强度的有氧运动。

拿着体检报告离开医院后，韩旭辉驱车直奔一个村镇。

早上出门时，妻子反复嘱咐："记得去拿体检报告，和医生多聊聊，把体检报告带回家给我看。"

可拿到这份并不乐观的体检报告，韩旭辉有点踌躇，是不是要拿给妻子看？

医生嘱咐的注意事项，有的能办到，有的办不到。作为一个基层人民法庭的庭长，身为法官，该审理的案件一件也不会少，这个工作量已经够大了，还要保证基层法庭的正常运转，涉及的事情太多，有眼前的琐碎杂事，也有长期规划的大事，需要面面俱到，哪能不劳累呢？

一个基层法庭管辖的区域面积大，面对的是形形色色的案件。我们时常在各级法院的工作报告和总结里见到"案多人少"这样的字眼，这四个字的背后，有着怎样的辛酸和辛苦。据韩旭辉所在的潞州区法院统计，员额法官六十一名，年均受理各类案件一万五千件，人均办理案件二百四十五件。其中，马厂法庭有员额法官三名，年均受理案件七八百件之多，每人办理案件在三百件左右。我们不能仅从表面审视这三百个案件，除了那些通过简易程序进行独任审判的案件，以及人民陪审员参与审理的案件，按照50%的比例计算，大约有一百五十个案件需要与其他两位法官共同组成合议庭进行审理。道理一样，其他法官的案子也需要另外两名法官一起组成合议庭，你中有我，我中有你，一个法官一年参与开庭的案件在六百件左右。除去节假日，每天开庭审理两个案件。加之每个案件的阅卷、调证、调解、合议、裁判文书制作、宣判等等，一趟程序走下来，可想而知其过程多么繁琐。遇上疑难复杂案件，法官的现场勘验、调查取证、查封冻结，遇上难缠的当事人咄咄逼人，无理强占三分地死缠烂打。这样，法官的精力付出可想而知。法官也是人，也有七情六欲，也有妻儿老小，也有喜怒哀乐，也要过柴米油盐的世俗生活。法官没有三头六臂，也是两个肩膀扛着一个脑袋。哪一个当事人不是理直气壮地走进法院？当事人一辈子可能就进一次法院。对一个法官来讲，这或许习以为常，但对当事人来说，这却是天大的事儿。视民为天，将心比心，天地良心——要让老百姓心情舒畅地走出法院，而不是心怀怨言，何其难啊！一个老百姓一辈子可能就打了一次官司，若因此在心里打了结，你想，这法院和法官的形象、法律的尊严，还能让老百姓信服和敬畏吗？我们办的不是官司，而是百姓的人生。"水能载舟，亦能覆舟"，法院是公平正义的最后一道防线，我们守的是中华人民共和国的伟大基业啊！

　　法官这一职业，面对的是一群具有特殊需求的人，他们带着不满、冤屈、希望和期待来到法院，寻求公正和利益。法官的角色就像是一位治疗心理和社会疾病的医生，他们需要修复破裂的社会关系，调解各种冲突。法官面对当事人也不能表现出脾气或情绪，必须以平和的态度去安抚和引导。你说，当个法官容不容易？当个好法官有多难。别人有难上法院找法官来排解，法官之难谁来排解，法官心中的苦楚向谁倾诉。

所以说，法官工作时间和心理压力的超负荷是常态，高血压、失眠症、抑郁症等内分泌失调和心脑血管方面的病症高发，处于亚健康状态的法官比例高于其他公务员。

在理想与现实的夹缝中，法官们背负着法治天平踽踽独行。当法槌敲响的庄严与体检仪器的嗡鸣共振，当裁判文书的墨迹与降压药片在公文包里重叠，他们早已将个人健康化作审判台上沉默的砝码。那些堆积在办公室角落的中药袋，那些藏在法袍口袋里的速效救心丸，连同凌晨3点改判决时手边的安眠药，构成了司法机器运转中隐秘的润滑剂。每个审判系统里的"韩旭辉"都深知，维系社会正义链条的代价，往往是从自己生命齿轮上悄然磨损的钢印开始计算的。

这天，韩旭辉把体检报告塞进副驾驶座的储物格。他既不想让妻子郜鞠萍平白担心，更怕听她揪着数据唠叨个没完——要是问起来，就说报告锁在单位档案柜了，轻描淡写地给她说说体检结果。他总想着能糊弄就糊弄，省得听那些家长里短的唠叨。每天的工作已经让他喘不过气，哪还有精力应付这些琐事？医生的嘱咐他也没忘，只是卷宗堆成山的时候，那些"注意休息"的医嘱总得给"尽快结案"的期限让道。

其实审判系统里多的是揣着药瓶办案的"韩旭辉"，他们早把体检单上的箭头当成日历上的待办事项，在结案率与健康值的拉锯战里，默许生命体征表跟着办案进度一起飘红。

今天是去长北社区见人民陪审员，了解一个案情。一个人民陪审员参与的案件，基本都在他的熟悉范围、地理范围和领域范围，人民陪审员生活在群众中，从群众中来，熟悉了解案件的来龙去脉和矛盾焦点，甚至对引发矛盾的积怨宿怨等等都能做到精确掌握，即使对有些突发案件一时了解得不透彻，但人脉的作用也能及时发挥。所以说，人民陪审员是法官的"千里眼"和"顺风耳"，这是形象贴切的比喻。

每陪审一个案件，法庭会给予一些办案补助，而参与审理一个案件耗费的时间、精力却不可同日而语。

韩旭辉今天来找陪审员任毅和秦凯，是想了解一起生命权纠纷案。

这起案子在坊间传得很邪乎，一个中年男人被活生生地骂死了。

立案员刘华把这起案子排给了韩旭辉。开庭前，韩旭辉阅读卷宗，观看监控视频和双方提供的证据材料，还原了案发经过。但还是有些疑问，想找人民陪审员聊一聊。这个案子，由他们仨组成合议庭进行审理。审理前要吃透案情是他的习惯。这为更好地驾驭庭审、解决矛盾奠定了基础。

见了面，和陪审员聊了一个多小时，得到他想知道的信息后，韩旭辉返回马厂法庭，再一次打开了这起案子的卷宗。

2018年的正月十一，孟伟强和王海燕这对夫妇一如往日，早早起来蹬着三轮车来到长治市第十八中学大门东侧摆摊卖煎饼馃子。

再过几天就是元宵节，大街上的人也比平时多一些，夫妇二人的煎饼馃子摊儿前也围了一圈人。煎饼馃子现摊现卖，大家先来后到，自觉排队，依序购买。

年近八十岁的董天顺来买煎饼馃子时，已经快8点了，前面排队的还有六七个人。董天顺付了钱，排队等着。

天很冷，摊煎饼馃子的铁板散发出阵阵香喷喷的热气，大家都往摊前凑，凑近点感觉身上暖和些。

一个煎饼馃子刚做好，旁边过来一位中年妇女，孟伟强看见那妇女走来，二话没说，把煎饼馃子装进打包袋里递给那妇女，那妇女拿了煎饼馃子便离开了。

董天顺就问："她怎么不排队，刚过来就把煎饼馃子给她。"

孟伟强一边劳作一边解释说："人家是提前预订的。"

董天顺觉得有道理，也没再说什么。

前边排队的人剩下三个，又快做好一个煎饼馃子时，一位老太太走来，还没到摊儿前，远远地就和孟伟强、王海燕夫妇打招呼，到了摊前又和夫妇俩说说笑笑的，孟伟强把做好的煎饼馃子打包好，递给那老太太。老太太接过煎饼馃子，又聊了几句，蹒跚地离开了。

董天顺又问："那老太太为什么不排队？大冷的天，大家冷飕飕地冻着排队，就是来看别人插队的？"

孟伟强说："人家没插队，是多年的老顾客，每天这个点都要来买。"

董天顺这就不依了："老顾客也得讲究个先来后到啊，老顾客没在这里排队就是插队，一会儿一个插队的，你这人怎么做买卖的？"

董天顺嘟嘟囔囔抱怨不休，没见过你这样摆摊的，你看看这条街哪个做生意的像你一样？

看董天顺一脸不耐烦，嘴里一直嘟嘟囔囔，孟伟强从钱盒子里拿出一份煎饼馃子钱，拍在摊子上，回怼说："我这里只能先给预定的做，总不能人家给了钱预定下，过来再排队吧，你说是不是？你不愿意我也没办法，你的钱拿去，你愿意去哪里买就去哪里买，快走快走，我还不卖给你了。"

还从来没有遇到过退钱赶自己走的小商贩，董天顺感觉自己受了侮辱，立刻急眼了，冲着孟伟强破口大骂。

孟伟强不吃亏不示弱，也朝着董天顺大骂。

二人对骂了几个来回，围观的人群劝他们，多大点事儿，都别骂了。

孟伟强的妻子王海燕也劝他住口，毕竟还要做生意。

孟伟强忍着不骂了，凝神聚力地摊着煎饼。

董天顺的嘴没停歇，还接着骂，而且越骂越难听。

孟伟强忍不下去了，把摊煎饼的铲子摔在铁板上，手指着董天顺，边骂边从摊儿后边绕出来，走到董天顺面前，指着董天顺的脸，气势汹汹，作势要动手。

王海燕和围观的人急忙拉住他，连拖带拽，把他往后拉开一段距离。

有人小声劝孟伟强，你傻了是不是，好好瞅瞅那董天顺多大岁数了，你较什么劲儿？你动人家一个手指头，立马给你躺地上，你吃不了兜着走。

孟伟强猛然惊醒，便不再开口。孟伟强夫妇俩都是从外地迁至本地的，孟伟强是山东人，王海燕是河南人，虽然迁来此地落户有些年头了，但也是人单势微。董天顺是土生土长的本地人，国企退休职工。这么大年龄，子孙满堂，人脉广泛，岂能容忍一个卖早点的中年男人欺负。

孟伟强虽被王海燕拖开了一段距离，但董天顺的叫骂声依然声声不绝于耳。

孟伟强嘴上不吭声，心里却怒火难捺。媳妇劝他不要惹事，毕竟还得做生意过日子，本想忍一忍算了，可偏偏董天顺没完没了地骂个不停。孟伟强情绪大幅波动，气血攻心，血压骤升，脑子嗡的一下，失去了知觉，人瘫倒在地，昏迷了过去。

王海燕吓得连喊带叫，扑到地上查看孟伟强，围观人群也顿时慌了。

王海燕一边急慌慌地哭泣着拨打急救电话，一边呼喊孟伟强，并给孟伟强掐人中。围观人群中出来几个人，连拉带拽将董天顺劝走了。

救护车一时没到，围观的人群怕耽误事，赶紧劝王海燕别等救护车了，先把人送到医院。大家都过来帮忙，把孟伟强抬上三轮车送到医院。经过几十分钟的抢救，医生出来告知王海燕，人没救过来。

几个月后，死者孟伟强的妻子王海燕、儿子孟波向马厂法庭递交起诉状，起诉董天顺，要求被告赔偿死者亲属各项损失六十余万元。

法庭上，原被告双方争论激烈。原告认为，公民的生命权是第一权利，受法律保护，孟伟强因为董天顺持续的辱骂，导致气急而亡，被告的恶意辱骂行为，侵害了死者的生命权，应该赔偿原告各项费用六十万四千五百二十七元五角，诉讼费也应该由被告承担。被告方辩护，原告亲属孟伟强的死亡原因与被告没有关系。被告出具了相关证据。根据病历，孟伟强有冠状动脉性心脏病史六年有余，三年前就因陈旧性心脏下壁心肌梗塞伴频繁心绞痛住院，当时并未从根本上治疗心绞痛，只是服用药物控制，平常也有心绞痛发作。孟伟强有高血压病史九年多，血压最高达220/120mmHg，有抽烟喝酒史三十多年，患病期间继续抽烟喝酒。死者孟伟强没有通过改变不良生活习惯改善身体状况，没有采取最有效的治疗方法治疗疾病，另外，经常是出摊早收摊迟，劳累加之天气寒冷等均是诱发心脏病的原因。孟伟强不顾以上各种心脏病的诱因，仍然出摊卖早点，造成"心源性猝死的可能"。而且被告作为消费者，屡遭原告王海燕以及孟伟强冷遇，被告不能泰然处之，反而火气冲天。原告及其亲属歧视老人，在未取得被告同意的情况下，将已经收取的被告的煎饼馃子钱退还给被告。原告及其亲属作为经营者不能平等地对待每一位消费者，歧视、谩骂被告，在整个事件中作为消费者的被告没有任何过错，对孟伟强的死亡后果不承担任何责任。而且被告指出原告的明显"错误"：原告在起诉书上将被告姓名董天顺写成了董天舜。被告在答辩状的第一条明确指出，董天顺不是被告，原告应该去找董天舜。

这种信息录入错误可以理解，不影响本案审理。但被告特意在答辩状第一条指出了这个错误。这也是一种辩护策略，这一点在庭审的质证环节可以解决。

被告董天顺的妻子事发时因生病在长北医院住院治疗，董天顺在病房陪护期间前往原告摊位购买煎饼馃子，原告拒绝提供服务，导致被告给病中老伴购买煎饼馃子的愿望没有实现。被告律师着重强调，原告过错在先，被告因而生气情有可原。

被告律师的这条辩护信息，摆明了不承担被告骂人的责任。原告不提这条信息，是为了避免法官、陪审员和旁听人员对被告当时处境的同情。原告律师闭口不提死者退钱给被告这一事实，强调被告必须承担全部赔偿责任。

原告秉持"家里死了人就有理，对方就得承担全部责任，就得赔偿"的理念，振振有词；被告坚持"死者亡故是自身原因，不是被告造成的，不承担任何责任"的观点，寸步不让。

调解无果，必须判决。

一方义愤填膺，以死人压活人，大有缠诉闹访的态势；一方铁嘴钢牙，水米不进，要求公道。

怎么下判，这对合议庭特别是对审判长韩旭辉来说是个考验。考验他的决断力，考验他的智慧，考验他的能力。是遵从"谁死亡谁有理，谁受伤谁有理，谁闹腾谁有理"的安抚性理念？还是坚守"有理不在声高，无理寸步难行"的古训？法官要努力做到使双方当事人胜败皆服、服判息诉，就必须做到胜败皆明。

因功课提前做得充分，对案情了解透彻，对庭审把控良好，由韩旭辉和两名人民陪审员组成的合议庭果断作出判决，且看此案的"本院认为"：

根据法律规定，公民的生命权受法律保护，行为人因过错侵害他人民事权益，应当承担侵权责任。根据原被告双方当事人的抗辩主张，本案的争议焦点在于：被告对孟伟强的死亡是否承担赔偿责任。

作为餐饮服务业的经营者，理应尊重顾客，对顾客以礼相待。对顾客提出的意见要认真接受，顾客对自己服务不到位抱怨时要加以理解，并妥善解决。孟伟强作为日常经营小吃的经营者，在被告作为顾客购买商品时，没有按序提供商品，存在过错，理应进行合理解释，妥善解决，且被告系年近八旬的老人，更应受到特殊照顾。但孟伟强夫妇在被告抱怨时不能用合理的方式予以化解，是产生本次事故的主要原因。

结合孟伟强生前的身体状况及长北医院病历记载，应认定孟伟强死亡的主要原因是自身健康问题，且孟伟强作为一个具有完全行为能力的成年人，本人应当清楚意识到其有心脏病史及发生激烈争执后可能发生的后果，故其应对自身的损害后果承担主要责任。但被告的言语刺激对孟伟强的病发具有一定的诱因作用，且被告与死者争吵致其心脏病发作后没有采取相应补救措施，导致孟伟强死亡，应承担一定责任。具体比例以5%为宜。

不是各打五十大板，而是厘清责任，明辨是非。

好一个明明确确的5%。

果断明断，法槌敲下。

双方没有上诉，依照判决依法主动履行。矛盾就此化解，公序良俗的社会风尚得以维护。此案作为民众津津乐道的一个话题，被广为传播。

有一次，书记员在饭桌上有意说起这个案子，把话题引到了心脏病上。原告的丈夫，明知自己心脏不好，还和人吵架，不知道控制情绪等等之类。大家知道韩旭辉的心脏不好，明白书记员话有所指，便你一言我一语地提醒韩旭辉，平时多注意身体，别太累，注意心脏负荷。

韩旭辉听出大家的意思，知道大家的好意，也听劝，想了一会儿，说："周末咱们AA制去户外活动活动吧，大家想去哪里，商量一下。能带家属的带上家属吧，我们亏欠他们太多了。大家跟着我受罪忙活，也该轻松轻松了。"

望一望星空吧

　　这是黎城县的黄崖山。黄崖如刀，壁立千仞，飞瀑流水，峰回路转。进入黄崖山的南口唯一通道名为瓮圪廊，长两里多，曲径幽深，高崖雄踞，峭壁如削，仰视只见一线蓝天。当地人如此称誉这"铜墙铁壁"的奇观：

　　　　瓮圪廊啊一步宽，
　　　　进去九曲十八弯。
　　　　银龙飞落潭水深，
　　　　仰望上空一线天。

　　穿过瓮圪廊，走过一线天，抬头只见一条石梯栈道，一道飞瀑喷珠泻玉，氤氲的水汽蒸腾而来，如入仙境。栈道陡立，一边紧依石壁，一边下临深潭。一座断桥将栈道分为上下两段。石梯是天然形成，最窄处仅容得半脚踩踏。拾级而上，便豁然开朗，烂漫的山花与流淌的溪水相映成趣。这时，你若下意识地回头一望刚才的险途，不经意间，你会发现二十米处有一个小小的掩体挂在崖壁上。

　　这之前，韩旭辉做过攻略，他手指着给大家讲解：黄崖洞保卫战时，十七岁的司号员崔振芳守着这个独立掩体，凭借天险，一人当关，用麻尾弹让入侵的东洋鬼子脑袋开花，尸横脚下。掩体是个死角，日本鬼子在使用迫击炮、喷火器均不奏效的情况下，恼羞成怒，竟然动用了飞机轰炸掩体下方的空穴地带，漫天飞溅的石块夺去了我们年轻司号员的生命。为了御敌于国门之外，有多少烈士血洒疆场。此情此景，他记起了左权将军殉国时朱德总司令的一首悼诗：

> 名将以身殉国家，
> 愿拼热血卫吾华。
> 太行浩气传千古，
> 留得清漳吐血花。

　　韩旭辉朗诵这首诗时，眼里已噙着泪花。韩旭辉最早参加工作是在长治市南三厂之一的惠丰机械厂，他对20世纪发生在脚下这块土地上的一场战事熟稔于心。

　　抗日的烽火燃烧在太行山上。八路军武器弹药奇缺，急需建一座自己的兵工厂来支撑日益艰难的持久抗战。这是一个大动作，非同小可，时任八路军总部副参谋长的左权受命选址。在这山峦重叠、沟壑纵横的太行山腹地，黄崖山就成为理想的厂址。朱德、彭德怀也从大山背面的武乡八路军总部策马登上板山，顺沟而进。走来走去，看来看去，发现这坡可是块风水宝地啊！这里四面环山，山是天然屏障，葫芦状的地形地貌使这里易守难攻。在溪流淙淙、草长莺飞的空谷，三位首长坐在一块大石头上，拍板决定：这里山高林深，适宜隐蔽生产，北面山崖上有一个高约五丈、进深十一丈的天然洞窟，可以作为弹药仓库。大山大沟大洞，天造地设，龙盘虎踞，咱们八路军的兵工厂就设在这里。

　　1939年7月，八路军军工部将几个军械修理所迁移到黄崖山的沟坡丛林里，建立起八路军的第一座兵工厂，山壁上一个天然洞穴作为存放武器弹药的仓库，因此得名"黄崖洞兵工厂"。可以说，这里是"共和国兵器工业的摇篮"。兵工人才集结到这里，兵工原料集聚到这里，谁也没想到，这被雄山环抱的沟谷竟然热火朝天地给极度贫血的八路军将士"造血"。这个兵工厂生产的步枪、手榴弹、麻尾弹、五〇炮等，鼎盛时期每年可以装备十六个团。天哪，当时八路军三个师有多少个团级建制？日军对根据地烧杀抢掠，对八路军"扫荡"围剿。八路军在这种情况下，如野火般竟有燎原之势。侵华日军高层指挥官冈村宁次召集幕僚和前线将官研判，八路军本土作战，民心所向，有爱国百姓支援护佑，困不死饿不死，可战场上武器弹药的火力硬刚，不是民众能支持的。国民政府捉襟见肘，即使指缝里漏出点什么，也满足不了这一支如狼似虎部队的胃口。何况铁桶般的囚笼战术，一只鸟也难以飞出去。战场态势、战场感知、战场缴获、审问俘虏，一番研判下来，"土八路"鸟枪换炮，一定有个大大的兵工厂。可这个兵工厂隐藏在哪里？确是一头雾水。侦察再侦察。飞机出动了多次，一无所获。地面特工化装潜入，还真有了收获。华北侵华日军司令部如获至宝，调集其山地作战精锐日军三十六师团第四、第六混成旅五千余人，陆空协同，进犯黄崖山，企图摧毁兵工厂。八路军也来了个"精锐对精锐"，派出总部特务团在黄崖山摆下战场，"黄崖洞兵工厂保卫战"就此打响。一个团的八路军凭借天险和英勇与敌血战八昼夜，歼敌千余人，赢得了敌我伤亡六比一的辉煌战绩，"开中日战争史上敌我伤亡对比空前未有之记录"。

"云凝屏障似堡垒，风仁红旗若磐石。"韩旭辉深谙这段历史。他曾经工作的惠丰机械厂，就是从黄崖洞兵工厂分出来的一个分支。

而今硝烟散去，弹痕犹在。将军左权、小兵振芳，他们已经走进历史的深处，他们的背影高高大大地伫立在我们心里。眼前的青山绿水让人心旷神怡，韩旭辉一行顶着一片蓝天向上而行。

在崔振芳小烈士的石雕像前，韩雁南把采来的一束野花轻轻放好，深深地三鞠躬：

再也听不到你的号音了
你的号音
生动了一页中国历史

再也听不到你的号音了
一片碎石
夺去你开花的年龄

十七岁，你以一种姿态
站成一座风景
站成一棵民族的常青树

不，你那把铮铮发亮的
黄铜小号还在。
音容犹存，长歌接续。

在山上的革命烈士纪念碑前，韩旭辉从背包里拿出两面旗帜：党旗和国旗。

面对党旗，他们重温入党誓词；

面对国旗，他们再诵法官誓言。

群山共鸣。

山河壮美，岁月静好，是有人在负重前行。

下山来，已是大中午。在山脚下的下赤峪村，红砖碧瓦，"农家乐"的饭菜可口，让他们大饱口福，尽享人生的欢愉。进餐之时，韩旭辉把一杯潞酒洒在地上："让我们把这第一杯酒敬给先烈吧，告慰他们的在天之灵，我们今天生活得很幸福。"

午饭后，他们驱车前往下一个目的地——板山。出下赤峪村，上柱儿岭，过岭头井村，西井村外往西有一条路，叫七彩云路。一个小盆地映入眼帘。北边的山形似一把茶壶，又如一只凤凰，南边的山一柱擎天，当地人称为九龙山，这是昂起的龙头。中间展开的是一列画屏。山峦之下是个小平原，五谷飘香。进得平川七八里路，就开始盘山，龙行而上十几里，到山顶后，在一平坦之处停车。下车后，真是景色如画。西面，山形壁立如板，形如一列屏风。山是靠山，有这么大的一面靠山在身后，那后盾是多么的坚强。再往东一看，"群峰壁立太行头"，一幅千里江山图巍峨博大扑面而来。大自然的奇峰异石造就了这里千峰竞秀、万壑争奇的景象。八百里太行如汹涌的海涛，层峦叠嶂似攒动的拳卵。有两位当代诗人曾经站在这里对句："八百里太行啊！""八百个姑娘哟！"嘿，你别说，这还真是应景，大大小小的奇峰给人无限想象。登高望远，胸襟开阔，颇有意味。

带着恋恋不舍，带着新的期许，晚霞映照大地，他们穿行在逶迤的群山之间。在一个叫彭庄的村边，往右手一拐，就进入一条小小的峡谷，有一条溪水从峡谷中流出。右边是晒布崖，也叫箕山。溯流而上，就到了一处叫"洗耳河"的地方。

此地更是大有说法。传说在上古尧帝时期，朝中有个大臣叫许由，有经天纬地之才。因厌倦官场，辞官不做，出尧都而上太行，隐居在"箕山脚下颍水河边"。尧帝年事已高，欲把江山禅让。思来想去，许由是个合适的人选。几经打听到许由的隐居之地，遂数次派人去请许由，许由不见。无奈，尧帝只好亲自来请许由。两人在颍水河边相遇，曾经的君臣开启了一段意味深长的对话。尧帝开门见山："许爱卿，我已年老，欲把帝位传让给你，请你跟我回京都平阳加冕登基吧。"这边苦口婆心，那边缄默不语，而且蹲下身子，一直用颍水河里的水洗着自己的耳朵。尧帝大惑："许爱卿，这是为何？"许由站直身子："君之言语，臣当洗耳恭听。可是，臣之所愿，寄情于山水之间耳。臣之所愿，也是朝之所需。臣在山野，百姓的心声就是清水，洗涤着我的耳朵。虽然我远离朝中，但是，社稷江山，百姓为大，我在山野，倾听民心，上达天庭。朝野一心，为民谋福。民为国本，民安国泰，这岂不是你我君臣的梦想吗？请王上赐福。"尧帝沉思片刻，哈哈大笑。君臣隔河，把酒言欢。酒酣耳热之际，尧帝指着眼前的这条小河说："就把这条河叫做洗耳河吧。以河为镜，洗心革面，革故鼎新；清水洗耳，耳聪目明，国泰民安。"君王金口玉言，把一条名不见经传的山间小河抬举到了历史的高台上，举到了道义的深处。

这条小河从上古流来，不知洗涤了多少人心中的污垢。

众人落脚溪边，在允许露营的开阔地停下，车辆围成营地，搭起帐篷，架起烧烤架，有人生火烧水，有人去溪边洗菜，有人打理烧烤的食材。已是黄昏，从小树林里捡来干柴，生起一堆篝火。

篝火野餐，真是惬意。韩旭辉提议，每个人表演一个节目。他率先站起来唱了首歌。歌声袅袅，群山回应。难得的欢聚，少有的放纵，篝火的加持，自由的天地，你歌我欢，轻歌曼舞，天上繁星点点，溪边其乐融融。欢声笑语中，马厂法庭像个大家庭。夜深了，大家毫无睡意，环坐一圈，仰望星空。溪水在身旁淙淙流过。天空纯净得就像一块幕布。星星点灯，夜风吹拂，还有萤火虫也赶来凑趣。这难得的诗情画意，让这群人瞬间感受到了生活的美好。又有谁在轻轻哼唱：

> 深夜花园里四处静悄悄，
> 只有风儿在轻轻唱，
> 夜色多么好，

心儿多爽朗，

在这迷人的晚上。

……

小河静静流微微泛波浪，

水面映着银色月光。

一阵清风一阵歌声，

多么幽静的晚上。

……

法官的委屈

一个星期前，法警苗军在潞州区法院门庭值班，正好遇见开完会出来的韩旭辉，二人促膝长谈，回忆过往。

2012年，马厂法庭启用后，人员配备不完善，立案员、书记员、送达员、协警可以招聘，但必须至少配备一名正式法警。韩旭辉在执行局和立案庭工作，经常和法警队一起办案，对法警队的司法警察们也比较熟悉，他便找到了司法警察苗军，问苗军愿不愿意去马厂法庭工作。

苗军二话不说，立刻就表示愿意。

韩旭辉说："你可想好了，马厂法庭离家远，各方面的条件都不如院里，现在人员短缺，还需要你长期值班，很可能一个月都回不了一趟家。"

苗军说："干工作就图个心情痛快，和你这样的庭长在一起工作，再苦再累也值得。"

韩旭辉又说："咱法庭人手少，你不光要负责法庭的安保工作，还需要协助送达文书，后勤工作你也得负责起来。能行吗？"

苗军："能行。不过我有个问题想问你，法警队这么多人，为什么选我去马厂法庭？"

韩旭辉哈哈大笑："我就觉得你小子能扛事，有责任心，有上进心，有让人放心的那股子劲。"

就这样，苗军作为法警队派驻的司法警察，和韩旭辉一起去了马厂法庭。

事实上，苗军也是初期建设马厂法庭最大的功臣之一。他全天候负责马厂法庭的安保工作，即使其他人都已下班回家，苗军仍旧在岗；他还负责后勤保障和文书递送等繁重任务，工作十分繁忙。

值守在大厅，他离立案窗口最近，又学习过法律知识，韩旭辉又授权苗军，可以参与立案管理流程，完全熟悉后可以独自进行立案。

苗军很高兴。

以前，来马厂法庭立案的当事人，大多数会向大厅内的苗军打听在哪里起诉、在哪里立案，苗军把他们领过去就没事了，现在把当事人领到立案窗口，他可以直接开始立案流程。

有一起离婚纠纷案，原本恩爱的小两口反目成仇，闹上了法庭，夫妻双方各自带着亲戚朋友前来旁听助阵。

庭审时，夫妻双方互诉委屈和诉求，说着说着，情绪开始激动，旁听的亲属在一旁煽风点火，相互指责，韩旭辉敲法槌，苗军出言警告，但都不管用。双方的亲朋好友开始互相叫骂，随后纷纷站起，对峙局面形成，肢体冲突和群殴似乎一触即发。

韩旭辉当即敲响法槌，宣布休庭。韩旭辉走到这对夫妻中间，劝说他们冷静下来。可没想到双方情绪激动，相互推搡起来。韩旭辉身材魁梧，站在人群中如鹤立鸡群，他伸开双臂拦着夫妻二人，制止了他们的行为。可这对夫妻情绪已完全失控，竟然大打出手。

韩旭辉夹在中间，夫妻俩的拳头巴掌都落在了韩旭辉身上。

苗军顿时就急眼了，在法庭闹事扰乱法庭秩序不说，怎么还拳打法官了。

苗军掏出手铐，拿着警具，大吼一声冲到夫妻中间，扬起手铐指着双方说："还不住手，你们不看看这是哪里？跑到法院打架来了？还敢打法官？把手伸出来，你们两个，全都把手伸出来，戴上手铐。"

双方看见明晃晃的手铐，瞬时冷静了下来，再看看夹在中间的韩旭辉庭长，衣服被撕扯得凌乱，裤腿上还踹了好几个脚印。

夫妻俩惊愕了，看着明晃晃的手铐，愣在当场。女人胆小，蹲在地上，掩面哭泣。

苗军继续大声呵斥双方："手伸出来，先戴上手铐。"说着，苗军抓住那个男人的手臂，就要给他戴手铐。

没想到，韩旭辉抬手制止了苗军的举动。

苗军不解，开口说道："韩庭长，在法庭上蓄意闹事的可以用警械制止，打架斗殴的可以拘留惩戒，更何况在法庭上袭击殴打法官，根据规定，他们应该被拘留惩戒。"

韩旭辉拉着苗军走到一旁，小声和他说："你把手铐一戴到他俩手上，这矛盾可就真激化到了不可调和的程度了，你先把手铐收起来，我给他俩再调解一下。"

韩旭辉整理了一下衣服，走到夫妻二人面前，说："你们小两口这样冲动，后悔吗？"

"后悔，后悔。"夫妻双方同时点头应答。

"真后悔还是假后悔？"

"真后悔，真后悔。"

"你们俩还能继续调解吗？"

"能调解。愿意调解。"

"天下哪有不吵架的夫妻，夫妻都是床头吵架床尾和，有矛盾了，一方先退一步，这架就吵不起来，这才是夫妻。再说，退一步又不是什么丢人的事情……这样，我被你们两口子打了，我先退一步，我不追究你们的责任，法警也会装作没看见这件事情。咱们接着调解。"

夫妻双方和他们的亲属很是惊讶，满以为积极认错，能让那位法警对他俩的惩罚轻一点，没想到这位无辜被打的法庭庭长，直接不追究自己挨打这件事情了。

夫妻双方此时彻底冷静了下来，想想因为芝麻大小的事儿闹得不可开交，真是迷了心窍。

接下来的调解很顺利，夫妻俩心结打开，和好如初，妻子和丈夫肩并肩走出法庭。当然，离开时夫妻二人一致向韩旭辉表达歉意和谢意。韩旭辉也嘱咐双方的亲属，两口子有矛盾，作为亲属千万不要拱火。

一旁的苗军虽然嘴上没说什么，但心里难免结了疙瘩。你当你的庭长，我尽法警的职责。你却横插一杠，好像我是闹事的。是你吃了打，我依法处置，你倒成了老好人？

案件结束后，韩旭辉又主动找苗军聊天："今天这件事情，是我的错，下不为例，以后我们都会配合你的安保工作。法警的责任，除了维护法律法庭的庄严，保护单位和工作人员的安全，还有一个更重要的职能，就是保护当事人。提前预判和及时制止潜在的危险，避免当事人一时愤怒做出过激行为，事后追悔莫及。"顿顿又说："咱们一时受了委屈，可换来了两家人的和好，值得啊！"

苗军若有所思："你度量真大。宰相肚里能撑船。"

"我不是什么宰相，可咱是法官。法官就得大度。委屈受多了，这肚子就撑大了，就能容得下事儿了。我们受点委屈，忍一忍就过去了。能让当事人心平气和地走出法院，我们就心满意足了，就有了成就感了。这份成就感里包裹了点小小委屈没什么。"韩旭辉这番推心置腹的肺腑之言，我在采访马晨辉时也听到了。可见，韩旭辉对"法官的委屈"有着怎样深刻的感受和理解。这是一个优秀法官的格局和境界。

一个案子一面坡，法官不停地在爬坡。就像那西西弗斯一样，好不容易把一块巨石推上坡顶，没歇口气就又回到了原点，还得再推起一块石头爬坡上山。法官的境遇更多的时候比西西弗斯的境遇还糟糕。西西弗斯面临的是一块石头，而一个一线法官面前同时摆了好几块石头，把这些接踵而来的石头一块一块推向一个个高地，是国家赋予一个个法官的责任和使命。

这不，苗军和韩旭辉又遇到了一件棘手的案件。而这起案件的办理，更是让苗军对韩旭辉打心眼里佩服。

这是一起交通肇事纠纷案。

一辆运煤的大货车失控冲出马路，撞向路边的一栋民房。由于车速过快，大货车撞穿了民房的墙壁，驶入室内才停下。

房间内的人吓坏了，冷不丁地听到一声轰然巨响，满屋子灰尘弥漫，砖石遍地，屋子里多了一个大货车的车头。

货车司机也吓懵了，虽然受了点伤，还是赶紧查看四周情况，对车轮下和车头四周看了两遍，确定没有撞到人后才松了口气。

万幸没有人员伤亡。接下来便是商量赔偿金额的事了。可这事儿解决起来就难了。

一栋民房，哪怕是拆了重建，也能估算出市场价格，可双方对赔偿金额主张差异巨大，直到闹上了法庭，大货车还陷在现场，保持着事故发生时的原状。

从发生事故，交警和保险公司现场勘察，到双方几次商讨赔偿金额，相互僵持不下，好几年了，货车停运后的损失越来越大，房主也在外面租房居住，额外产生了费用。

大货车车主是河北的，早已疲于来回奔波赔偿事宜，直到双方闹上法庭后，大货车车主也不抱多少希望，大不了车就扔在长治，再也不管此事了，反正房主也不敢私自卖掉大货车。房主也是倔脾气，宁可租房居住，也要和大货车车主硬耗下去，你的车在我房子里，现场还保留着，还怕你？除非你不要这辆大货车了。

双方官司放在马厂法庭，看你法官怎么办！

原被告双方都不着急，韩旭辉着急了。看到立案信息，韩旭辉立刻了解案情，亲自去了现场，回来后更着急了。

大家问韩旭辉为什么着急。

韩旭辉向大家解释，公路上经常有外地车辆往返，有来长治送货的，有从长治拉货的，外地司机行驶在公路上，看到路边有车祸现场，一辆车撞进民房里了，外地司机的第一反应是提醒自己要安全驾驶。

"这不是好事吗？"有人说道。

"一次两次是好事，外地的货车司机们经常跑这条公路，眼看着车祸现场保持了好几年，那肯定是赔偿的事情还没有解决。为啥没解决？要得多给得少，大货车的保险保额一般买得都高，解决不了，那多半是要得太多了。这是哪里，是长治。"

"这会给外地人造成困扰和误解呀，再说现在自媒体也发达，拍个短视频让大家看个稀罕，大家一看就会联想到这件事情不好解决，长治人难缠的形象不就树立在国人面前了吗？我们长治人因为个人个案，让这个全国文明城市蒙尘。创建这个全国文明城市容易吗？如果因此取消了这个称号，这对我们长治的负面影响有多大啊？要是知道这案子在法院搁着，咱法院的脸上就点上黑点了。"

"得赶紧处理这件事情，别把车祸现场变成网红打卡的景点。也别给人留下抹黑法院的口实。"

韩旭辉立刻开始行动，和苗军奔赴河北寻找货车司机车主，一遍找不到就找两遍、三遍；和货车车主沟通诉求，返回长治后又找到房主，一遍遍苦口婆心地做工作。来来回回奔波，苗军心里想："这原被告双方都有理，都理直气壮，就是中间的法官、法警是老鼠钻风箱——两头受气。"

这回倒是没挨打，但闭门羹却吃了好几回，埋怨和冷嘲热讽的话背了好几箩筐。

在韩旭辉坚持不懈地两地奔波沟通调解下，双方对赔偿终于达成一致，相互放手。

那天，苗军身穿司法警察制服，站在事故现场维持秩序。要把大货车从摇摇欲坠的民房内牵引出来，尽管之前预案周密，但难免百密一疏，不怕一万就怕万一。为了避免发生意外，韩旭辉和苗军还是亲自到了现场。苗军拉出警戒线，使四周看热闹的群众不能随意进入现场。

亲眼看着货车安然无恙地从民房内牵引出来，苗军松了口气，望望韩旭辉，似乎他也松了口气。

这一天，马晨辉也在场。

人生难得有导师

清晨时分，马晨辉突然瞥见手机屏幕上韩旭辉逝世的讯息，脑袋瞬间一片空白，手机随即"啪嗒"一声掉落于地。

马晨辉魂不守舍。她弯腰捡起手机拨通了郭涵墨的电话，她多么希望这是一个误传。尽管她心里清楚，这消息应该是确切的，可是她心里仍然有一百个、一千个声音在呼喊着：我不相信，我不相信这是真的。韩大哥怎么就这样走了呢？

她默默挂掉了电话，匆匆忙忙下楼，急急忙忙打开车门。在开车的那一刻，她似乎想起了什么，又匆匆下车，跑回家里。打开衣柜，换上一身整洁的法院春秋制服，用右手轻轻扶了扶胸前的法徽，走到一面大镜子前，用梳子理了理散乱的云鬓，努力挤出一丝微笑。这一刻她的心如刀割，可是穿衣镜前的女法官衣装齐整，法徽端正，仪表大方。这才重新跑下楼，懵懵懂懂驱车前往高速路长治出口。

眼里噙着泪水，腿脚面团似的发软，方向盘有点不听使唤。马晨辉把车停在路边，趴在方向盘上放声大哭了起来，直到后面车辆不停地冲她狂按喇叭，她才定定神，擦了擦泪，振作精神驾车向高速路口驶去，边开车边抽泣。

马晨辉是长治市壶关县人，大学毕业后考入郊区法院，到法院报到后，院领导安排她到马厂人民法庭工作。

人生导师　杜先红/绘

她初入社会，特别抵触，和院领导说："我考的单位是郊区法院，不是基层法庭，我不愿意去马厂法庭工作。"

"小马，你先别下结论，你先去马厂法庭看一看，喜欢了就留下，不喜欢就回来和院里说。"

院领导给韩旭辉打了电话，让韩旭辉开车来接马晨辉，去马厂法庭看一看。

马晨辉的家在农村，距离县城有几十公里，她的父母都是农民，他们省吃俭用打工赚钱供马晨辉读书念大学。毕业后，马晨辉考入郊区法院，她把录取信息打印出来给父母看，父亲笑呵呵地说："咱们家晨辉出息了。"母亲却哭了，抽泣着说："闺女终于离开农村了，去了市里工作，以后就是城里人，有体面的工作了。"好不容易离开农村，得，转了一大圈，又回到了农村。

马晨辉情绪低落地在办公室里等着，心里拿定主意，不管如何，就是不去基层法庭。差不多一个小时后，韩旭辉来了，亲切地请马晨辉上车，去马厂法庭看看。

上了车，前往马厂法庭的路上，马晨辉心想，基层法庭就是农村，有什么好看的？我就是农村人，我还不知道农村是什么样。我好不容易考上大学、考上工作，从农村走出来，再让我回到农村？哼！

麦苗儿青青，油菜花儿金黄，广袤的田野上生机勃勃。韩旭辉边开车边向马晨辉介绍马厂法庭下辖的乡镇。路过的每一个村子，韩旭辉都能叫出村名来，村子有什么特点，村名的来历，村子里的人员结构，村子的经济结构，甚至村民们的宗教信仰，建在几个村子中间的教堂位置……他如数家珍，一一道来。

马晨辉心想：这是法庭庭长还是村长，对村情了解得这么详细。

在韩旭辉滔滔不绝的介绍中，马晨辉对路边途经的村子有了一丝亲切感，想起自己小时候去县城读书，坐车途经一个个村子的情景。

到了马厂镇，韩旭辉并没有带马晨辉去马厂法庭，而是继续向前行驶，特意带着马晨辉路过几家大中型国企。

长治钢铁公司、漳泽电厂……除了一些马晨辉很早以前就听说过的闻名山西的大企业，还有一些林立在大型企业附近的中型企业，水泥厂、建材城……小企业就更不用说了，星星点点，星罗棋布。又经过了几处正在大兴土木的产业园区，韩旭辉向马晨辉介绍郊区对马厂镇和另外几个乡镇的发展规划。

并没有刻意夸大，也没有故意讨好，只是每经过一处，就随口说几句，不管是企业、工地，还是长着庄稼的田野，甚至一些带着土腥味的地名、街巷名，韩旭辉都能如数家珍，对一些村庄的历史也是信手拈来。

嘿，这个庭长肚子里的货还挺多的。

嗯，马厂这个地方还真是一片广阔的天地哪。

韩旭辉将车开进了马厂法庭，领着马晨辉在法庭里转了一圈。法庭虽小，但内外整洁，在这里工作的人儿，都透着一股昂扬勃发的精气神儿。

回去后第二天，马晨辉来到郊区法院领导办公室，说她想明白了，就去马厂法庭。作为一位从农村走出来的女孩子，心情很复杂，既希望不再回农村，也期待农村更好。而昨天的马厂之行，更是让她的心里掀起了波澜。冥冥之中，她感觉到自己的命运注定和这个地方有着难以割舍的关系。

来到马厂法庭，熟悉了一段时间后，马晨辉被任命为法官助理。工作之余，马晨辉和她同一批考入法院的同事们交流，有的同事也在法官助理的位置上工作，不停地抱怨，感觉自己像是个多余的劳动力，传个话、拿个文件、送个资料、整理档案、装订案卷，不知道自己的工作意义在哪里。

马晨辉很惊讶，她从未有过这种感觉。自从她任职法官助理对接员额法官韩旭辉以来，参与的每一个案子，韩旭辉都会有针对性地给予马晨辉指导。

韩旭辉对法官助理这个职位有他自己的理解。法官助理，可不是仅仅帮助法官处理一些简单事务，那都是顺带的工作，跟着一名法官，学习法官的审理经验和心得才是重点。这场景像极了师傅带徒弟。像马晨辉这样刚从学校毕业就入职的青年，更需要历练。

事实上正是如此，马晨辉工作后不久，便发现自己在学校里学的法律知识和理论，在实际的案件审理中，总是会或多或少地有偏差和不适用。

高校中的法学专业是统一的，全国各地的高校学子们学的是同一套教材，但毕业后走向工作岗位，面对的是不同的地域、不同的风俗、不同的信仰。社会是个万花筒，十里乡俗皆不同。

马厂法庭辖区内基督教信众较多，案件处置需兼顾当地民众的信仰特点。尊重基督教义，往往有助于案件推进；若言语中有看轻对方的宗教信仰，易引发沟通障碍。

案前实地取证、送达法律文书、案件执行等，在宗教信仰浓厚的区域，信徒之间会自发地抱团对抗，想了解当事人信息较为困难。若有相关神职人员的帮助和配合，许多问题可更高效地解决。

这时候，人民陪审员的力量则会凸显出来，信徒不相信法院、法庭，但对神职人员身份的人民陪审员却极为信任。

想着跟随韩旭辉工作的那些日子，马晨辉忍不住感激和感恩。

车走走停停，磕磕绊绊地来到高速路口，看到路边已经等了不少人。

马晨辉下车，笔直地站好。她又一次下意识地整了整制服，又一次扶了扶胸前的小法徽。泪水模糊了双眼，一桩往事历历在目。

她刚到马厂法庭工作不久，就被韩庭长严厉地"剋"了一顿。那天上午有韩庭长的庭审，书记员突发重感冒不能出庭，马晨辉被韩庭长临时指派担任书记员。庭审很顺当，调解很顺利，韩庭长、马晨辉和双方当事人都愉快地走出了审判庭。韩庭长按惯例去了一楼的立案庭，马晨辉把案卷放回自己二楼的办公室，就往一楼走，刚下到楼梯口，就听到法庭大门口嘈嘈闹闹。好奇心顿起，她一溜烟跑出法庭，跑到法庭大门口。原来是一个离婚案件的双方当事人及其亲属都来法院提交相关材料，在马厂法庭大门外巧遇。短兵相接，谩骂辱骂，唇枪舌剑，看热闹的也在一旁指指点点评说不休。马晨辉刚入职场，还没见过这阵仗，就津津有味地站在一旁看起了热闹。兜里的手机响个不停，她一时察觉，掏出手机瞄了一眼：是庭长打来的。她一边接电话，一边还盯着热闹非凡的现场。"马晨辉，你给我立马回来。""啊！有啥大事了？"马晨辉虽然不舍眼前的精彩，但又不敢对庭长的指令有一丝怠慢。

她刚进立案庭，就看见韩庭长板着脸。"跟我走！"啊，自己犯了啥错，惹得庭长发火了？马晨辉跟着庭长来到二楼办公室，只见韩旭辉把门一关，厉声问："看美了吧？看好了吧？"

美啦！好啦！甚美啦？甚好啦？马晨辉被庭长的训斥闹得懵了。

韩旭辉指了指窗外。马晨辉瞪大双眼，迷惑不解："我不就是站在那里看了一会儿吵架吗？至于这样吗？"

"马晨辉，你还不以为是？是吧？看看你身上穿的是什么？瞅瞅你胸前戴的是什么？那是法官制服，那是法徽标志。我们是干什么的？是普通老百姓吗？是看热闹的吗？"

马晨辉这才知道，韩庭长的火气从何而来。都说韩庭长是菩萨心肠、菩萨面相，而今天竟然大动肝火。

看马晨辉惊慌失措，韩旭辉语气缓和了下来："马儿啊，我们穿上了这身制服，就要牢记我们的工作性质和职责。老百姓认的是制服，是法徽，是法徽和制服承载的责任。责任，你懂吗？"看着马晨辉似懂非懂，他又说："我们是调解矛盾的法院人，不是看热闹的社会人。你要时刻记住：珍爱身上的这身制服和胸前的这枚法徽。"

马晨辉又想起了一个场景。2013年，司法改革，要求法官开庭时要穿法袍。发下法袍的那天，韩旭辉喜气洋洋，双手捧着崭新的法袍，眉开眼笑："没想到咱这辈子还能赶上穿法袍。"他孩子般的天真样子永远定格在马晨辉的脑海里。

"咱要对得起咱这身制服和法徽。只要穿上戴上了，就不是咱们自己了，就不能随意了。"声音言犹在耳，马晨辉又一次整了整制服，又一次抚了抚胸前的法徽。

我们办的不仅仅是案子

突然得知韩旭辉庭长去世的消息，马炜宸愕然，不知所措。既是领导，又是师长，还是朋友的韩庭长，就这样溘然而去了？马炜宸惶惶然确认了消息后，又给以前的几位同事打电话商量，一起开车去永济接韩庭长回来。

电话回复，永济那边的事务已经安排妥当，没必要赶到永济，再说，知道大家情绪低落、悲痛，这种状态不适合驾车长途奔波。

马炜宸驱车赶往高速路长治出口去等着。他一路上神情恍惚，差一点追尾，强迫自己平复情绪后，缓缓来到高速路口。按照永济那边的通知，再过四五个小时灵柩才能到达长治。

马炜宸静静地等在路边，心绪却回到了七八年前。那起民事案件让他记忆犹新，终身难忘。

2016年的一天，一位七十九岁拄着拐棍的老大爷，领着一名刚满八岁的小孩子走进了马厂法庭。爷爷和孙子是来法庭起诉孩子母亲的。

因为孩子的父亲被收监服刑，孩子的母亲心生去意，把孩子留给孩子的爷爷，自己去外面打工赚钱。

可孩子的爷爷已是七十九岁高龄了，身体本来就不好，亲生儿子入狱，对老人打击也很大，身体每况愈下，腿脚都不利落了，自己照顾自己都有点勉强，再抚养照顾一个八岁的孩子，心有余而力不足啊。

老人不敢再拖下去，只能狠下心，把孩子的母亲告上法庭，请求法院判决孩子能跟随他的母亲生活。

开庭前，老人颤巍巍地站在韩庭长和马炜宸面前，说："我这么大岁数，已经无所谓了，活一天算一天，可孩子不能跟着我受罪呀，我要哪一天人没了，孩子怎么办，连个吃饭的地方都没有。"

韩旭辉先安抚老人的情绪，扶着老人坐到原告席上。转身出来，韩旭辉叹了口气，对马炜宸说，安排庭前调解吧。等孩子的母亲来了，马炜宸把她和老人领进调解室。韩旭辉主持双方调解，没过多长时间，孩子的母亲愤然走出调解室，摔门而去。韩旭辉追出来时，孩子的母亲已经不见踪影。在隔壁办公室的孩子，听到动静后走过来，怯生生地问韩旭辉："韩爷爷，我妈妈也不要我了吗？是我做错什么了吗？是因为我不乖、不听话吗？"

孩子只有八岁，虽然隐隐已略知人事，但还是不理解母亲为什么生气，不理解母亲和爷爷有什么矛盾，他只能理解成自己不够乖，不够听话，惹妈妈生气才会变成这样。"不是的，你很乖，妈妈不是不要你了，妈妈只是和爷爷有点别扭，跟你没有关系。"韩旭辉和颜悦色，轻轻摸着孩子的头安慰。

老人从调解室蹒跚着出来，绝望无助地看着韩旭辉庭长。

"您先和孩子回去吧，我再和孩子的母亲沟通一下。"韩旭辉内心沉重，脸色平静。他不愿意把这份沉重传导到这位高龄老人的身上。

老人深深地叹了口气，用衣袖擦了擦涌出眼角的老泪，拉起孙子走出法庭。

孩子一边走一边回头，黑漆漆的大眼睛看着韩旭辉，眼神里全是期盼："韩爷爷，再见。"

韩旭辉努力挤出笑容，笑着和孩子挥手告别，直到孩子的背影消失在他的视野里。

韩旭辉步履蹒跚地上二楼进了办公室，坐在桌前久久沉思，他的手不自觉地拉开抽屉，摸出半盒烟和一个打火机。他已好久不抽烟了，而今天，他特别想抽，特别想跑到旷野上大声吼叫一通。半盒烟抽完，十几个烟头静静地躺在烟灰缸里，他已无烟可抽。站起身，打开窗户，一丝微风吹进来，他似乎清醒了好多，转身走回桌边，给孩子的母亲打了电话，表示理解她的处境和委屈，并和她约了时间上门家访。

马炜宸随韩旭辉一起见到了孩子的母亲。一见面，连让座的客气话都没有，她就直接向二人大倒苦水，孩子的父亲被判刑，短期内出不了监狱，她的人生全毁了。一个人要生活，要工作，丈夫是罪犯，人前人后都抬不起头，到处遭人歧视、小看。孩子的爷爷见面就要她承担孩子的抚养义务，却不说是孩子的父亲没有尽到责任，一切的罪过都是他儿子造成的。孩子的母亲怨言多多，怨气满满。

韩旭辉温言相劝，顺着她说，边说边引导她，亲生父亲没尽到责任，但作为亲生母亲，抚养孩子也是她的法定义务。

她诉说了一肚子的委屈，心情似乎好点了，答应韩旭辉会再和老人去法庭调解。

可没想到的是，到了法庭，她和老人又吵闹了起来，二人不欢而散。

韩旭辉又给她打电话做工作，又和马炜宸上门家访，好言相劝，回过头来又劝老人退一步，要会说话。二人又都答应韩庭长，再调解时注意分寸，不吵了。可没想到一见面又开始吵，势头比前两次还大，又是不欢而散。

反反复复调解了十几次，前前后后耗时一个多月，每次都是不得善果。

最后一次家访时，孩子的母亲悄悄问马炜宸："你们法庭来家访，是不是有补助？是不是有奖金？"

"什么补助和奖金？没有啊！"马炜宸很奇怪，她怎么会有这样的想法。

"你别骗我，还舍不得说，我们老百姓没权没势，没钱没利的，打个官司总共才几十元诉讼费，你们图什么呀？"

韩旭辉听见了，笑道："我们只图孩子能有个家。孩子见不到他爸爸，不能再让他没了妈妈。我们只图你们娘儿俩好。"孩子的母亲瞬间愣住了。

第二天，马厂法庭调解室，孩子的母亲和爷爷终于达成共识，孩子跟随母亲生活。

孩子的爷爷非常激动，热泪盈眶，已经说不出话来，颤颤巍巍地抓着韩庭长的手一个劲儿地道谢。

"不用谢我，这是我们法官的职责。"韩庭长搀扶着老人说。

爷媳孙三人离开后，马炜宸和韩旭辉说："这小案子终于能结案了。"

韩旭辉摇摇头："老百姓的事儿没小事，你想想，孩子要不跟着他母亲生活，对别人来说是不相干的小事，对孩子来说，可是一辈子的大事。对别人来说，这家的抚养纠纷只是茶余饭后的谈资，对这家人来说，可是天大的事。"

"咱们基层法庭审理的都是民事纠纷案件，来咱们法庭打官司的原被告双方，都没有小事，都是心里过不去的坎儿，都是天大的事儿。"

"法槌举起，举足轻重。我们办的不仅仅是案子，更是别人的人生啊！"

同年，过了一个月，又有一起邻里纠纷案在马厂法庭审理。

双方当事人因为农村宅基地建房纠纷问题吵得不可开交。前前后后吵了大概一年的时间，村里的调解委员会也多次到两家进行调解说和，但两家矛盾始终没能解决，反而越闹越僵，最终两家对簿公堂，打起了官司。

"这是我家的地！我想咋用就咋用！别说盖个厕所，我就算在里面搭个戏台唱戏你都管不着！"

"你家地金贵？可你家那破厕所臭哄烂气的，谁受得了？有本事你管住风管住空气，臭气流到你家锅台上，流到你一家人的嘴里。"

双方当事人在调解室吵得面红耳赤，险些大打出手，多亏韩旭辉庭长及时出声制止，避免了两家矛盾进一步升级。

"不能光你们两家用嘴说，公说公有理，婆说婆有理，走，咱们去现场看看到底是什么情况。"

韩旭辉安抚住双方的过激情绪，当即决定，带着一行人前往两家进行实地考察。

路上，韩旭辉和马炜宸二人驾乘同一辆车，边走边聊："炜宸，你说说，该怎么调解、劝说双方？"

"远亲不如近邻，两家也是几十年的老街坊了，互相体谅体谅，搞那么难看不好。"马炜宸说道。

韩旭辉循循善诱："两家吵架吵了一年多，村里和镇上的调解委员会给他们上门调解了好多次了，你说的这些话，调解委员应该说过好多遍了。"

"那该怎么说？"

"走吧，咱们先到现场好好看看。"

到了现场，韩旭辉领着马炜宸在两方当事人的家中进行勘验，了解了双方宅基地、房屋的历史情况，确定了双方争议的厕所位置及使用情况，察看了原花墙位置被拆除后的现状。

掌握了第一手资料之后，韩庭长着手进行调解，先从相关法律上讲清楚厕所所有权人的权利，但也要承担周边邻居出行和生活环境的责任和义务，不能违背公序良俗，不能损害周边邻居的权益。而周边邻居也不能因为自己的权益受到侵害，继而进行报复性反制。接着又从情感上调解，互为邻居，你来我往地互相伤害，没完没了，说严重点，两家这就成为世世代代的仇人了。至于吗？谁也没得到什么好处，反而多了一家仇人。

韩旭辉笑呵呵给两家说和，还说起小时候，村里两家邻居闹矛盾，自己跑去看热闹的事，缘由就是一砖一瓦的小事，再有人挑唆几句，就不下劲儿了，感觉吃了天大的亏，不出这口气就过不去了。

韩旭辉循循善诱、娓娓而谈，什么话都点透了，既有"法言法语"，更多的是丝丝入扣、通俗易懂的群众语言。两家各自感觉理亏，反倒有点不好意思了，终于握手言和。调解成功。

坐在车里，看着路边来往的老百姓，两起案件历历在目，韩旭辉总是说，咱们法官办案子，不能光坐在办公室里听双方说什么，一定要走进现场，实地看看。先坐小板凳，先敲农家门，这样案子才能办得好，才能让老百姓信服。

而且，民事案件切忌重判轻调，要调判结合，能调则调。调解结案和判决结案有时是两重天地。调解结案，化解了矛盾，实现了和谐，而判决结案，看着省事，其实难以解决矛盾。如果一方当事人不服，就要上诉，老百姓增加诉累，我们法院还要继续投入审判资源。有的官司一打十几年，你想想，这对当事人和我们法院的法官来说是个什么状况？当事人筋疲力尽，法官无奈尴尬，上访缠诉，谁也不得安生。源头化解纠纷，对我们法院和法官来讲，就是要追求优先调解结案。把案件判公，将人心调暖，是我们民事法官追求的最高境界。

和韩旭辉一起工作的同事都知道，韩旭辉常带在身边的有这样几件东西：皮尺、相机和图纸。农村的宅基地纠纷多，他不是听原被告怎么说，而是联系好相关人员，现场勘验。每到一个现场，他都要摸摸大大小小的树，一丝不苟地丈量，一板一眼地询问细枝末节。其实，这无声的行动，让当事人看在眼里，韩旭辉有这样的诠释："法官走进现场，就是让当事人感受我们对他们的诉求是多么重视，重视就是尊重。"而且，掌握了真真切切的一手资料，当事人自己就不会空口瞎话了。在案子的真相面前，不管是判决还是调解，当事人心里都就有了尺寸，缠诉和缠访的概率就会大大降低。

屡败屡战的"大使"

　　而今，沐浴在一片霞光里，那个刻骨铭心的日子让他心疼。他鹤立鸡群般挺立在人群中，西装革履，时不时下意识拽拽胸前的领带。从他微小的动作可以看出，他不是经常这样着装。他是特意从马厂镇赶来送韩旭辉庭长最后一程的。他是土生土长的马厂镇人，平时做点小生意。大家习惯叫他刘哥。这称呼透出的信息可不是尊重。年轻时，刘哥喜欢看香港的古惑仔影视剧，看着古惑仔们在大街上威风凛凛，心里很憧憬，不知不觉心态受了影响，日常行事，好耍威风抖大拿，蛮横不讲理。这刘哥撩猫逗狗，强词夺理，就招惹了不少是非。别人受了委屈，被欺负了，就把他告上了法庭。

　　法槌一响，刘哥心里立刻犯怵，心里就慌了，听完原告的起诉书和证词，到了答辩阶段，刘哥直接就尿了，嘴上虽然还在逞强，心里却开始盘算怎么赔偿人家，毕竟自己确实不占理。等法庭审理完毕，他也无异议，多数都会乖乖按照判决执行。没过几天，刘哥又开始犯病了，又被告上了法庭。毫无悬念，他又败诉了。过了一段时间，他又被告上了法庭。

　　时间长了，社会上的人就给他起了个外号"大使阁下"。意思是他是社会派驻法庭的常驻"大使"。

　　不想，他对这个绰号还很满意，专门买了一项礼帽，戴在头上，又留起了小胡子。嘿，这还真有点土老帽版的乡间大使味道。

他被韩旭辉注意上了。这人怎么回事儿，怎么一直和人吵架闹纠纷？说他是街头混混吧，也不算是，他还没有恶意侵犯别人财产和人身的行为，就是单纯地喜欢和人争吵抬杠，继而引发争执。最严重的时候，也会动手，用脚踹对方屁股，对方立刻倒地不起，打电话叫救护车，和医生说头疼、脖子疼、腰椎疼，心脏、肝脏难受，到了医院全身上下都用最贵的核磁共振检查了一遍，检查费就好几千，检查结果身体健康后，对方还是说头晕，又住院观察了一个星期才出院。前脚出医院，后脚就来到马厂法庭把刘哥给告了，检查费、治疗费、误工费、营养费、精神伤害赔偿、二次继续治疗费罗列一堆，要求赔偿好几万元。刘哥有苦说不出，毕竟是自己动手了，可这赔偿要求实在是有点多。

而最后的审理结果，法庭并没有完全支持原告的诉讼请求，除了刘哥已经支付过的医疗费，不用再出任何费用。

原告不服。法庭指出原告在纠纷中故意激化矛盾，激怒被告，被踹了一脚后故意夸大身体受到的伤害，浑身检查没有问题后又坚持住院一个星期观察，后来又要坚持继续住院时，医院不同意，把原告从病房赶出来了。

主观客观都是冲着讹被告的钱财，而被告已经支付了医院的费用一万多元，已经受到应有的惩罚。

刘哥万万没有想到，最后的审理结果是这样，对方也没有讨到好果子。

离开马厂法庭后，刘哥摆了两桌酒席，请朋友们来喝酒，席间以胜利者的姿态和朋友们说，韩旭辉庭长和他熟，是哥们，打官司自然会维护他。

没多长时间，他又被人告了。这次离开法庭，他不再是扬眉吐气的模样了，而是被判向对方公开道歉。他宁可赔给对方点钱，也不愿意当着很多人的面公开道歉，因为这太没面子了。

他想躲一阵子，却被对方领着人堵在大街上，逼他按照判决书进行道歉。对方人多势众，好汉哪能当街认怂？先下手为强，他毫不畏惧，拳脚全出，怎奈好汉难敌众人手啊，他被人摁着磕了三个响头，之后，人家扬长而去，他愣立现场片刻，继而哈哈大笑："老子从来都是被告，今天终于能当一回原告了。"

这刘哥粗通文墨，官司吃多了，诉状的书写何用别人代劳。回到家里，坐在小饭桌前，很快写好了一纸诉状。第二天，一大早，法庭立案的窗口刚打开，他就把诉状递了进去。立案员早就熟识了他，打趣说："又来了？"他也没什么不好意思，笑嘻嘻地高声说："这次是咱占理。"

判决结果下来后，还是他输了。因为他拒不履行判决，理亏三分，还因为他先动手打人，又理亏七分。在场的众人只是摁住他强制他叩头道歉，虽然动手动脚了，行为欠妥，但事出有因，且未对他进一步施以暴力。当庭问他服不服从判决，要不要上诉？他摇头说不上诉，服从判决。说完就要走，韩旭辉叫住了他，说："你这到底怎么回事，隔三差五地和人打官司，还每次都输，这样能行？"

刘哥说："不是每次都输，赢过一次。"他说的"赢过一次"，是调解结案，对方让步，他少赔了对方几百元钱，他就觉得是自己"赢了"。

韩旭辉也没拉下他虚荣的脸谱，就推心置腹地和他聊，看着他把话听进去了一些，才让他走了。

这次安稳了好长一段时间，但终究又被人告上了法庭。

为此，韩旭辉还专门咨询了心理学专家，得到的答复是，刘可能有心理障碍，可能以前受过心理伤害或创伤，需要表现得强势，获得存在感和认同感，通过在争吵中获胜来平复创伤。这是潜意识行为，他自己可能都没有意识到。

韩旭辉专门安排时间，和他聊了聊，试图按心理专家的建议，找到他的创伤根源。

在办公室聊了一会儿，又和他走出马厂法庭，二人在大街上并排散步，边走边聊。

街上行人看到刘哥和韩庭长并肩走在一起，有说有笑的，看上去关系不一般，刘哥感觉大家看他的眼神都不一样了，还嘚瑟地耸了耸肩。韩旭辉也不点破他的"小把戏"。而各位看客可就不得其解了：刘哥是不是真的和韩庭长有关系，是朋友、哥们，看上去很像啊，但为什么每次打官司都是刘哥输呢？

法院的同事也不理解，食堂吃饭时，暗示韩旭辉庭长，刘哥病入膏肓，打官司上瘾了，甚至有点自虐倾向，无可救药了。光是他的案件占用的司法资源就有不少，况且他还会影响到周边的人。

韩旭辉笑道："民事法庭，大部分都是因为一些鸡毛蒜皮的小事，心里有疙瘩解不开闹上了法庭，心结解开了，以后看待事情、事务、事物会更开朗和宽容，像刘哥这样，本质上人不坏，以往的官司也没有太过分的行为，属于典型的有心结，自己和自己过不去。法官在某种意义上讲，也是医生，医者仁心，治疗社会病是我们法官的责任。"

得，这说辞还真让大家不得不信服。

这些话后来传到了刘哥的耳朵里，他回想韩旭辉和他的几次掏心窝子的长谈，觉得韩旭辉法官对他太好了，是他自己"二百五"，有病。于是，在内心自我谴责的同时，他的乖张行径也收敛了，很少再惹是生非，但经常会去法庭找韩旭辉坐坐。前段时间看到法庭发出公告，招聘民调员和人民陪审员时，他一度想打电话给韩旭辉庭长，咨询他有没有资格应聘。

可没想到却惊闻噩耗，韩旭辉庭长撒手人寰了。

刘哥站在人群中，心潮难以平复，旁边的人有一大部分都来自法院系统。若是以前，刘哥看到法院工作人员会低头躲着走，感觉自己抬不起头来，和韩旭辉聊过几次后，重新认识了自我，面对法官，不再自卑躲闪，反而多了分亲近和自信。

多亏韩旭辉庭长的开导，才让自己心态阳光起来，生意也随之大有起色。

今天，他一改平日嬉皮士式的着装风格，专门买了一套西装。他要身着正装，来送他的韩大哥。他不能让人看到，韩大哥还有一个流里流气的朋友。"韩大哥把我当人尊重，我不能给韩大哥丢脸。"

"韩法官是好人啊！"刘哥站在人群中，把心底的话脱口而出。

没有案号的"结案"

人群中，一位头发花白、后背佝偻的老人，看着高速路口，嘴巴翕动着，似乎想说什么，却又不知道和谁说。

老人姓原，几年前的一天，快到中午时，原大爷来到马厂法庭，想打听一下怎么打官司。

韩旭辉正好在立案窗口接待群众。每天上午11点以后，排期审理的案件基本上都会审理完毕，除了处理法庭相关事务，他习惯到立案窗口接待群众，这已是他的工作常态。

曾经担任过立案庭庭长的韩旭辉，深知立案窗口对法庭和群众的双重意义。

原大爷刚进大厅，韩旭辉便迎上去，询问有什么事情需要帮助。

原大爷吞吞吐吐，闪烁其词，藏着掖着不想说，反而打听打官司的具体流程。

韩旭辉向原大爷介绍了一遍后，原大爷心事重重，又变着法儿地打听，能不能不让别人知道他打官司这件事情。

韩旭辉请原大爷坐下，沏了杯茶递给他，开始向原大爷解释哪些案子必须公开审理，哪些案子是不公开审理的。如果当事人符合条件，可以申请不公开审理。

原大爷听了之后，忧心忡忡，看他的表情就知道，他这事情，肯定是不想公开审理。

韩旭辉立刻猜到，原大爷这是想打官司，又顾虑打官司这件事情传出去被别人知道，面子上怕是挂不住。

这种情况不少见，很多人心里有委屈，想通过打官司来解决。不想让别人知道，家丑不可外扬。

原大爷左右为难的样子，韩旭辉似乎明白几分，猜度老人心里有顾虑，可又欲罢不能。

韩旭辉也没有当场点破，找了个话题和原大爷聊，聊着聊着就聊到了家庭，聊到了老伴和子女。

原大爷透露，他的老伴身体健康，和他的感情很好，他有三个儿子、两个女儿，孙子孙女也有七个，子女们赡养他和老伴。听上去没什么不正常，也没有受委屈。又聊了一会儿，原大爷抬头看看表，已经快中午一点了，原大爷起身告辞。韩旭辉送老人离开马厂法庭。

第二天，原大爷早早来到马厂法庭，和门卫聊了几句，得知上午开庭结束一般都过了11点以后，原大爷便转身离开了。

11点多，原大爷再次来到法庭，坐在立案窗口旁的椅子上等着。

立案员热情地招呼原大爷，询问是否办理立案，原大爷说他在等人，等韩旭辉。不一会儿，韩旭辉照常来到立案室，又遇见了原大爷。

原大爷向韩旭辉招手，说："来，小韩，来这边坐。"神情和语气，倒像是韩旭辉到原大爷家串门来了。

韩旭辉笑呵呵地过去，给原大爷续了茶，又给自己沏了杯茶，和原大爷聊了起来。

原大爷今天的话稍微多了一点，聊得快一点，韩旭辉才知道，原大爷的子女们赡养他和老伴，但他和老伴不在一起，老伴在大儿子家，他在二女儿家，老两口想见一面，像走亲戚似的。

看着时间不早了，原大爷起身告辞，韩旭辉去食堂吃剩饭。

第三天，11点多，原大爷又来了，手里还多了个喝水的大保温杯，杯子里泡了大叶茶。立案员招呼他时，他让立案员给他的杯子里添了热水。

立案员帮他沏好茶端过来后，也想像韩旭辉庭长那样，陪原大爷聊聊天。原大爷眼里却是不屑，就差把"我吃的盐比你走的路还多，你还劝我？"这句话说出口了。

立案员苦笑，心里也知道，自己刚从大学毕业来马厂法庭担任立案员，在原大爷眼里，怕是个未经世事的黄毛丫头，哪里能聊到一起呢？可韩庭长年龄也不算特别大，怎么就能和原大爷聊到一块呢？

过了一会儿，韩旭辉来到立案庭，望见原大爷，也不用等原大爷招呼自己了，主动过去，坐在原大爷旁边陪着聊天。

原大爷这才又说，他本想也去大儿子家，和老伴待在一起，可他和大儿媳脾气不投，见面就吵架，互不相让。

韩旭辉详细问了几遍才知道，大儿媳也不是不孝顺，对原大爷的老伴很好，单纯的就是和原大爷脾气不合，住在一起就要吵架。吵起架来，老伴也不帮原大爷，反而向着大儿媳，大儿媳就更有底气了。原大爷实在是接受不了，倔脾气上来，更较劲，想办法找大儿媳的茬，却每次都败下阵来。二儿子、三儿子和两个女儿也不护着他，帮腔向着大儿媳。

原大爷就想把大儿媳告上法庭，可又怕别人知道这件事情，自己倒无所谓，就怕对其他子女的名声有影响。

韩旭辉这下更确定了，老小孩老小孩，这原大爷是"返老还童"了嘛。很多人上了年纪后，心态会趋于幼化，原本不起眼的小事，他们却看得格外重要。

韩旭辉便开导老人，陪他一件一件地聊家常。人老了，若有个人陪着聊天，听他倾诉，也是件快乐的事。

日复一日，原大爷一连半个多月，每天11点多端着个杯子来找韩旭辉聊天。直到把事情聊透，他才知道自己在这鸡毛蒜皮的小事上耗费了太多精力，不仅钻了牛角尖，还走偏了路。

想明白了，原大爷的心结解开了，笑呵呵地离去。临别时他还说："不会再来了。"

离开法庭，原大爷感慨，这么大的年纪了，亲戚朋友一大堆，和谁聊都聊不到一起，一度认为孤独无助，没人理解自己，反倒是法庭的韩庭长，句句都能聊到自己的心坎上。

原大爷从书记员口中得知，韩旭辉为了陪自己聊天，吃了半个多月的剩饭，心里就觉得过意不去。

后来，原大爷偶尔还会来找韩庭长坐坐，尽量不耽误韩庭长的时间。其实也不聊什么，只是觉得韩庭长算是知己、忘年交，见一面就能高兴十几天。

老人也知道韩庭长很忙，可隔几天不和韩庭长聊上一会儿，心里就发慌。但又不好经常来打扰，便加了韩庭长的微信。每次看到韩庭长微信上发来问候消息，他就能高兴一阵子。

冷不丁得知韩旭辉庭长去世的消息，原大爷坐不住了，当即让他的儿子开车送他到高速路口。

这棵大树下能不能乘凉

7月，夏日炎炎。和园，是首钢长治钢铁公司所在地的一座公园。傍晚时分，一对小夫妻沿着公园里的林荫路悠悠闲闲地散步。已近黄昏，暑气渐渐散去，加之微风吹拂，林荫道上慢行倒也惬意。

小夫妻情意浓浓。忽然刮起了一阵大风，二人也没在意，继续沿着林荫路步行。风瞬间变大，路两边高大的树木被风吹得剧烈摇晃，猎猎作响，二人这才害怕，急忙往公园外走。

可没想到路边的一棵杨树被大风折断，粗壮的枝干举着巨大的树冠向路面砸了下来，正好砸在二人身上。

这野蛮的风来得快也去得快，风停之后，有人听到李某撕心裂肺的求救声，等大家赶过去之后，丈夫段某已经没有气息，妻子李某躺在树冠下，多处骨折，不能动弹，似乎还有流产症状。

风起萧墙。公园管理处和游人都打了急救电话和报警电话，把伤者和死者送进了医院。

出院后，死者的父母和妻子将首钢长治钢铁公司告上了马厂法庭。因砸死砸伤人的树木腐烂，管理者未尽到管理责任，被告应该承担赔偿责任。诉讼费用包括死亡赔偿金、丧葬费、精神损害抚慰金、事故交通费等共计八十一万九千一百二十元，要求存尸费也由被告承担。立案后，韩旭辉庭长和两位人民陪审员王和平、吴莹钰组成合议庭审理。

"和园"其实就是长钢公园，产权和管理权都属于首钢长治钢铁有限公司。首钢长治钢铁有限公司是长治市著名的大型国有企业，虽然改革后并入首钢集团，可长治人仍然习惯沿用几十年的称呼——长钢。

作为一家规模庞大的公司，长钢在其管理的区域内遭遇了突发事件，迅速启动了应急预案，并得到了相关机构的即时响应。首要任务是平复遇难者家属的激动情绪，前往医院进行慰问。面对家属的哀伤与怒火，公司代表采取了必要的谦卑态度，毕竟失去宝贵生命是无法挽回的，公司承受一些责骂在所难免。

在逝者家属与伤者情绪平复之后，长钢尝试与逝者家属商讨赔偿事宜。这种突如其来的灾难是任何人都不愿面对的，然而人已逝去，事实已定，只能商讨赔偿。

然而，双方在赔偿金额上存在较大分歧，难以达成一致。

逝者家属便把死者遗体存放在殡仪馆里，如果谈不拢赔偿事宜，死者就不安葬。

长钢的法务团队认为此举已经超越了道德的界限，按照中国的传统观念，逝者应当尽快入土为安。然而，为了追求更高的赔偿金额，遗体长时间不被安葬，这在情感和道理上似乎难以令人接受。

长钢的法务团队为这件事开了好几次会议，商讨赔偿方案。

长钢是重工企业，全盛时期拥有员工近一万五千名，大部分工人都身处生产一线，每天和钢铁打交道，虽然长钢非常重视安全生产，但意外伤亡在所难免。所以长钢对意外工伤有明确的补偿标准。

面对长钢集团这类大型企业，支付数十万元乃至上百万元的赔偿金以平息纠纷并非难题。但这类个案补偿一旦突破制度框架，将动摇企业工伤管理体系的根基——当生产岗位殉职工人的法定赔偿标准，竟低于公共场所意外身亡的民事赔偿数额，这种价值倒挂将严重冲击员工对组织公平性的信任。

需要强调的是，长钢现行的工伤补偿制度严格依据《工伤保险条例》及地方实施细则制定。企业当前面临的实质是制度刚性与人道关怀的深层矛盾：若突破既定标准实施个案救济，可能引发制度性破窗效应；而坚守制度边界，又难免承受道德层面的舆论压力。这种两难困境恰恰暴露出社会保障体系在特殊个案应对上的制度弹性不足。

长钢的法务团队深知，这起案件不仅仅关乎金钱赔偿，更关乎企业的社会形象和道德责任。他们必须谨慎处理，既要维护企业的利益，又要体现对逝者家属的人文关怀。面对长钢的困境，逝者家属向法庭提起了诉讼。长钢方面则不得不应诉。

此案件提交至马厂法庭，这个"烫手的山芋"落到了韩旭辉的手里。

韩旭辉又和两位人民陪审员多方走访，了解到了死者家庭的具体情况。

人没了，家属悲痛情绪稳定后，亲戚朋友提醒死者的父母，长钢是大公司，一定要趁此机会多要点赔偿金。死者是独生子，父母健在，原本打算依靠儿子养老送终，这冷不丁地独生子意外去世了，老两口以后怎么办，靠谁养活，等年龄大了以后怎么办，这都是实际问题。

老两口也知道亲戚朋友说这话是出于好心。老两口便听从了亲戚朋友的建议，把赔偿金额往高了抬，又把死者的遗体存放在殡仪馆不安葬，用死人压活人，变着法地给长钢施加压力，等着长钢来商量赔偿金额。

赔偿金额始终未能满足两位老人的期望，长钢公司内部也未能形成共识。然而，随着逝者遗体在殡仪馆的长期存放，两位老人的悲痛与日俱增，感觉如同被置于坚冰下。由于无法等待长钢的回应，两位老人别无选择，最终决定对长钢提起诉讼。

在双方情况基本了解之后，韩旭辉确定了开庭日期。

开庭前，长钢法务部专程找到韩旭辉，希望能从侧面了解韩旭辉对此案的态度。

长钢作为一家大型企业，旗下涉及采矿、炼焦、炼铁、炼钢、轧材、水泥制造、工程建设、锻压机械制造、房地产等众多业务，打官司的事也时有发生。

去年，隶属于长钢的一家公司因货款问题遭遇对方以各种借口拖延结算，遂将其诉至法院。韩旭辉与法院的一名同事亲自驾车前往外地搜集证据。两位法官在陌生的城市，仅为了搜集证据就花费了超过一周的时间。他们为了方便取证，选择住在企业附近的廉价小旅馆，每晚仅需30元，其环境不难想象。尽管他们渴望住进条件更好的旅馆，但考虑到距离企业的远近可能会影响取证进度，他们还是选择忍受简陋的住宿条件，坚持在小旅馆中吃住。

韩旭辉和同事取证回到长治后，第一件事情就是找了个面馆，点了四个菜，饱饱地吃了一顿，然后洗了个热水澡，舒适地睡到了自然醒。可想而知，在过去的一周多时间里，两位同志是吃也吃不好，睡也睡不好。

长钢深知取证不易，感谢的话刚说出口，韩旭辉就和他们说，企业经营不易，像你们这种大型企业能正常运营，就能保障大量的工人就业，很多事情都是牵一发而动全身，法院保障了企业的权益，就是保障了工人的权益，企业的钱要不回来，拿什么给工人们开工资发福利。

韩庭长如是说，长钢法务部门一度认为，还是国有企业举足轻重，打官司也能被礼遇有加。

可没想到过了几个月，一家企业将长钢告上了法庭，原因是长钢拖欠了对方的货款。

长钢法务部的主管韩伟，因多年的工作接触，和韩旭辉是老熟人了。受领导委托，他专门来到韩旭辉的办公室，希望能把这件案子拖一拖，哪怕把开庭日期延后一段时间也行，拖延的这段时间，企业就能缓口气，资金周转状况就会好一点。

可没想到韩旭辉却说："法律就是法律，程序就是程序，我无权这么做，帮你们企业不能建立在损害对方当事人利益的基础上。你们是企业，人家也是企业，你们难，对方也难，不能到期收回货款同样要面临资金链的断裂。"老韩本就长得人高马大，一张国字脸拉下来，义正词严的话语让老熟人哑口无言，一脸尴尬。

碰了一鼻子灰的韩伟，心里很不是滋味。有一段时间，他都不好意思见韩旭辉。可长钢公司是个大企业，要应诉的案子那段时间又比较多，韩伟能躲就躲，让公司其他人去应诉。他嘱咐长钢去法庭应诉的同事："虽然原告大都是外地的，咱们有主场迎战的优势，但切记不要有侥幸心理，韩庭长是个'黑脸的包公'，认理不认人，每场应诉都要准备充分。"

可是那些人回来都说，韩庭长人挺好的，总是面带笑容。而且每次开庭他都是早早到庭，到了审判庭，也不急着往审判台上坐，而是坐在下边旁听席上，和我们以及对方的当事人拉呱，人还很谦虚。他说："我不懂生意的事，但知道无论是国企还是私企，同在商场上都受大环境影响，日子都不好过。你们是合作伙伴，有点矛盾纠纷，不要闹得死去活来，要共存共赢、和气生财。"

长钢法务部通过一场场诉讼，真正认识了韩旭辉庭长，他不是为一家企业护航，而是为所有企业护航，为所有工人保驾。

对长钢来说，"和园"公园的意外事故还是一种新型案例。长钢法务部的负责人忐忑，不知道韩旭辉对这起意外事故导致伤亡的案子持什么态度。若是韩旭辉"花钱买稳定"，把责任全部归结于长钢，满足死者伤者的胃口，判决的赔偿金高了，不只整个企业以后的赔偿标准都会改变，以前赔偿过的工人们也会来找后账。这要一"翻烧饼"，企业可就惨了。

韩旭辉明确表明态度，赔偿是有法律标准和依据的，一切以法律说了算，而不是法官的态度和立场说了算。

开庭后，原告向法庭提供了两张照片，证明事发现场树木腐烂的情况。被告对此证据的真实性予以认可，但是，被告也提出：树木是在倒地后发现腐烂的，倒地树木在事发前生长茂盛，长钢物业公司对树木也经常进行管理和修剪。而且被告方还提供光盘一张，证明长钢电视台因恶劣天气已经提示民众远离树木和建筑，段某作为成年人，能够意识到树木的危险，而且事发当时有刮大风的情况，事故是自然原因造成的。当然了，被告方可以在厘清责任的同时，给予原告方一定的赔偿，但对原告方诉请的赔偿数额提出异议，认为丧葬费要求过高，精神抚慰金已经包含在死亡赔偿金中，不能重复主张；因为原告未及时办理丧葬事宜，存尸费是原告故意扩大的损失，被告不予承担。

根据原被告诉辩、当庭陈述、举证质证、在案佐证，韩旭辉当场释法：《最高人民法院关于审理人身损害赔偿案件适用法律若干问题的解释》第十六条规定，树木倾倒、折断或者果实坠落致人损害的，适用《中华人民共和国民法通则》第一百二十六条的规定，由所有人或者管理人承担赔偿责任。但能够证明自己没有过错的除外。对于树木折断造成他人损害，侵权责任法延续了过错推定的归责原则，规定因树木折断造成他人损害，树木的所有人或者管理人不能证明自己没有过错的，应当承担侵权责任。本案中，由于折断树木内部已经腐烂，被告作为树木的所有人和管理人未能提前察觉，没有尽到管理、维护的义务，致使树木折断致段某死亡。因此，被告不能证明自己没有过错。被告对段某的死亡应承担赔偿责任。

对于被告方辩护的"不可抗力的自然原因"，合议庭也表达出明确的意见：不可抗力是当事人不能预见的事件，只有尽到了应有的注意义务而仍不能预见，才具备不可抗力的主观条件；另一方面，不可抗力是当事人不可避免并且不能克服的事件，也就是事件的发生不能为当事人的意志所左右，如果事件的发生能够避免，或者虽然不能避免但是可以克服，也不构成不可抗力。不可抗力要求行为人具有不能预见该事件的主观故意。不能预见，一部分取决于人们的预见能力，而判断人们对某种现象能否预见，不能仅以行为人的预见能力为标准来判断。本案中，大风确实是树木倾倒的必要条件，即便是事发当日有瞬间大风，但当日大风并未导致其他树木普遍倾倒，若对该事件中的树木能做到防患于未然，其结果是可避免的，因此在这起事件中，树木被大风吹倒并不属于不可抗力因素，不符合免责条件。被告作为折断树木的所有人和管理人，尽管其对该树木进行了管理，但未能有效避免此次事故的发生，依法应当承担赔偿责任。被告以不可抗力致使事故发生的抗辩理由不能成立。

掷地有声。被告的立场开始转变，这接下来就是赔偿数额问题了。这个虽有争议，并不难办。合议庭认为，原告诉请的被抚养人生活费，因提供的证据不能证明被抚养人丧失了劳动能力，且不符合给付抚养费的法律规定，故不予认定。存尸费用是丧葬费用的组成部分，原告对死者至今未予安葬，致使损失扩大，原告请求存尸费由被告承担的主张不予支持。主张律师费没有相关依据，不予支持。死亡赔偿金和丧葬费有明确规定。精神抚慰金、交通费、误工费酌情认定，一共四十八万七千三百二十三元五角。

释理明法，案件审理至此，双方已无任何异议，公平公正的审判，让双方当事人理性对待是非对错，厘清法律关系，准确区分意外事件和侵权责任，不可抗力和管理疏忽。韩旭辉专业的法律素养和实事求是的审判态度，得到了众口称誉。

老两口后悔连连，早知如此，不如早日让死者入土为安。

长钢法务部门彻底了解了韩旭辉庭长，说好话拉关系都没用，趁早服服帖帖地履行自己的法定义务。

不能谁闹得欢谁就有理，谁胡搅蛮缠谁就多得利。花钱买稳定，却难以稳定。

该你的就是你的。利益和责任均是如此。该得的利益法官给予保障，法定的责任和义务法官不能"葫芦僧判葫芦案"。

"越是接近真理，便愈加发现真理的迷人。"韩旭辉不一定知道拉美特利这个法国哲学家，也不一定知道他曾经说过这样的一句话。但他每当完美地审结一起复杂案件，解决一个棘手的矛盾问题，心里的愉悦和快乐是充盈的。在探究真相、追求真理的路上，法官韩旭辉有点痴迷其中。

诉讼路上，尽量一个都不要少

"诉讼路上，尽量一个都不要少。"这是韩旭辉的口头禅。

2013年3月初，原告鲁学军在被告韩国华和夏玉红的介绍下参与了电表箱的安装工作。3月25日下午，施工时梯子不慎滑倒，导致原告受伤并需住院治疗，因此原告向法院提起诉讼，要求两被告负责赔偿。在审理过程中，原告得知被告韩国华承接了山西省电力公司长治城郊供电支公司下属供电所的电表安装工程，但韩国华缺乏施工许可和安全生产条件，原告因此请求将山西省电力公司长治漳泽供电公司追加为被告，以承担相应的赔偿责任。被告韩国华则辩称，他在3月14日与韩宗福签订了协议，将电表箱安装工程转包给了韩宗福，并认为原告鲁学军与韩宗福之间存在雇佣关系，因此请求将韩宗福追加为被告。

案件受理后，原告鲁学军与被告韩国华、夏玉红矛盾尖锐，双方情绪激动，多次找到韩旭辉法官诉说事情原委。尽管他们声称追求的是公正无私，但各自都坚持己见，期望法官的裁决能对自己有利。这种偏颇，实际上关系到各自利益。另一方面，被告韩宗福却坚称此事与他无关，始终避而不见，拒绝出庭应诉。为了妥善解决此案，韩旭辉法官在多次尝试电话和短信沟通失败后，亲自前往被告韩宗福处进行沟通和劝导，最终成功说服了韩宗福，使其愿意主动配合调查，查明真相，从而使得案件得到了圆满处理。

释法解疑　杜先红/绘

"当事人有抵触情绪，我们不能有省事思想。平时我们多跑跑腿，多动动嘴，把案子办扎实，减轻老百姓的诉累。老百姓安生了，我们的压力也就减轻了。这也是个加减法的问题。如果一个案子办不好，老百姓上诉，上级法院发还，我们重审，接访，谁也安生不了，谁也吃苦不落好。何苦呢？"

啧啧啧，韩旭辉庭长这番话说得多入心，这账算得多精明！怪不得社会民众都认可他，人家是有思想理论基础支撑着呢。学着点呗。

郭涵墨也是上述案子合议庭成员，亲历了这些案子的始末。

采访郭涵墨时，他还给我们提供了一个更加惊悚的案件经历。

那是一起经济纠纷赔偿案，其中一个当事人所留的联系方式都已失效。只是听说他在内蒙古经营了一家铁矿，除此之外别无其他线索，整个人和失联已无太大差别。

老韩看着卷宗沉思了很久，开庭在即，他当即决定："去内蒙古找！一定要联系上当事人！"韩旭辉一行人就这样驱车千里深入内蒙古草原，如大海捞针一般搜寻当事人的线索。

"内蒙古这么大，就只知道人在这儿开矿，这么辽阔无边的地儿找人，哪里能找得见！不行就算了吧！"

"韩庭长，咱们回去吧！这哪儿能找得见！"

"再找找，再找找，不着急。你们看，前面又有一家厂房，咱们过去问问！"

已经是深入内蒙古的第三天，时至盛夏，大家出发时对这次办案能顺便领略"风吹草低见牛羊"满心期许，没承想被茫茫戈壁里的暴晒烘烤殆尽。大家口干舌燥，精疲力竭。放弃寻找、打道回府的念头在团队里开始蔓延。

老韩也是满头大汗，脸色通红。他没有说话，但他坚定的眼神和脚步已经告诉了一行人不达目的不言回转的决心。头顶烈日，韩旭辉带着几个人继续前往下一个地点走访调查。

"同志！你听说过附近哪儿有一家煤矿是一个姓张的山西长治人开的吗？"不知道走访了多少地方，同样的话老韩也不知道问过了多少遍，在经过整整一周时间的努力后，他们最终在老百姓的帮助下找到了当事人，当事人顺利出庭，查清了事实，案件最终也得以顺利解决。

"韩庭长，您这一路上可真算得上是冲出'亚马逊'，勇闯'无人区'了。"在案件解决后，郭涵墨笑着对老韩说道。

"只要能查清案件事实、解决当事人的难题，哪怕像关公那样千里走单骑也是值得的！"韩旭辉笑着回复。

法官审理案件，当事人逃避、拒不出庭的现象时有发生。缺席审理和判决，是法律允许的，也是正当合法的。可是，因为个别当事人缺席，往往会出现事实认定与客观真相不相符、当事人的合法权益得不到保障的情况。特别是一审出现这样的情况，上诉和改判发还就有可能成为必然，不仅造成有限审判资源的浪费，法院的公信力也会大打折扣，糊涂法官的帽子就会被戴在头上。你说冤不冤？

找人做工作，可能会延长办案期限。对此，韩旭辉有着自己的理解："效率好比一辆车，而公正司法就是铁'轨'的目的地。车跑得越快，目的越快实现。但是，不论快慢，都不能脱轨。为了到达目的地，有时车跑得慢了一些，当事人最后得到了公平正义的结果，实质化解了社会矛盾，修复了社会关系，社会和老百姓是会理解的。"

在公正的轨道上加快车速，为一方百姓撑起一片司法蓝天。韩旭辉和他的同事们躬身践行。

律师这个行当

在迎别的群体里，有几个身份特殊的人，他们是律师。

中国最早的职业律师雏形可追溯至春秋时期的邓析。邓析（前545—前501），河南新郑人，郑国大夫，是先秦法家与名家的思想先驱，也是中国法治文明早期的重要启蒙者之一。《吕氏春秋》记载其与"民之有狱者约：大狱一衣，小狱襦袴。民之献衣襦袴而学讼者不可胜数"，意思是他与有诉讼的百姓约定，大的官司收取一件衣服，小的官司收取一条裤子，于是很多百姓献上衣服、裤子来学习诉讼，可见他帮人代写法律文书并教百姓打官司。这与现代律师的部分工作有相似之处，因此他被后人视为中国最早的律师。

律师与法官之间存在何种联系？社会上流传着这样片面的说辞：他们是蛇鼠一窝。有观点认为，若律师未能与法官建立良好关系，便难以在诉讼中取胜；同样，法官若不与律师保持良好往来，似乎也难以实现经济上的收益。有些人甚至将法官与律师的关系同政治与商业之间的关系相提并论。更有人用不雅的比喻，称律师为依附于法官的跳蚤，采取的是一种不正当手段。律师是法官和当事人之间的"捐客"。然而，清者，驱赶跳蚤；浊者，与跳蚤为伍。为了支持这种观点，有人举出实例，试图以正视听：观察一下法院周围，有多少律师事务所聚集于此？似乎法院到哪里，律师事务所就跟到哪里，因为距离近了，办事似乎更为便捷。

的确，法院周边的律师事务所数量较多，但这并不意味着法官与律师之间存在不正当关系。随着律师行业的发展，也确实存在少数法官和律师之间的不正当联系。某些律师可能会依赖法官，扮演不合适的中介角色。然而，请考虑：这样的法官和律师之间的不当行为真的能长期隐藏吗？审判过程和裁决结果的公开性，使得任何不当行为都难以逃脱公众的视线。法官头上戴着终身负责的紧箍咒，一旦出现问题，后果严重，律师同样面临吊销执照、终身禁业的风险。为了一个案件而失去职业，这代价是否过于巨大？就像酒虽美味，酒后驾车的风险也是众所周知的。过去，许多有权有势的人士常常酒后驾车，这似乎成了他们的日常。但如今，随着代驾服务的普及和交警执法技术的进步，这些人士还敢冒险酒后驾车吗？当然，总有人会质疑，酒后驾车真的消失了吗？实际上，并没有完全消失。然而，从被查处的酒后驾车者来看，公务员的比例已经大幅下降，这同样是一个不争的事实。原因在于他们开始意识到工作的重要性。一旦失去工作，不仅颜面尽失，还会失去收入，影响当前的生活质量。同时，退休后的养老金也成了问题。因此，法官和律师在执业时，如果违规违法，就像酒后驾车一样，头上悬挂着一把达摩克利斯之剑。尽管如此，即便森林生态系统再完美，害虫依旧会出现。而啄木鸟的作用，就是清除这些害虫。

案件一旦进入法庭，许多人便费尽心机试图影响法官，律师也不例外。法官一年要处理数百个案件，从审阅文件、调查证据、现场勘查、开庭审理到召集合议、制作裁判文书和宣读判决，忙得不可开交。即使有职业纪律和法律的约束，法官又有多少空闲时间去应对这些"围猎"呢？

让我们集中关注法官韩旭辉与律师之间的互动，聆听他们的心声，审视他们职业生涯的历程。

李静，执业于山西弈锋诚律师事务所，与韩旭辉认识十几年了。虽然她在马厂法庭代理的案件数量不超过十起，但她对韩旭辉的印象非常深刻。韩旭辉的事迹被广为传颂，长治市委组建了一个宣讲团，李静就是宣讲团六位成员之一。在她眼里，韩旭辉是这样一个法官：

最初和韩庭长打交道，还是韩旭辉在长治市郊区法院立案庭的时候。二十二岁那年，李静正式开始律师执业了。因为结婚生子，中间有几年时间几乎处于暂停执业状态。重新返回律师岗位，心里真的非常忐忑，就怕在案件办理过程中出现纰漏，被法官"笑话"，被当事人不信任。那个时候法院还是立案审查制，立案庭要对案件进行实质性审查，才决定是否受理。立案手续有什么不合适，或是不知道该如何办理的时候，只要问到韩庭长，他总是很和气，不厌其烦地和你慢慢说。所以，后来见到韩庭长，心里总觉得很亲切。

2013年5月，李静代理的一起离婚纠纷案在马厂法庭开庭，这是她第一次在韩庭长手里开庭。庭审中，双方对矛盾过错各执一词，对离婚后婚生子由谁抚养、共同债务是否真实等问题争执不休。作为律师，受人之托忠人之事，不能辜负当事人的信任，开庭时总希望法官能够认真、耐心、仔细地听律师发表代理意见，给律师充足的时间陈述。当事人更是觉得自己委屈，总想多说几句。庭审结束后直接进行现场调解，这时，男方的母亲带着三岁的孙女来到了法庭。孩子一进门就一直缠着妈妈。调解中，双方依旧在喋喋不休地争辩着，但只要说到孩子，双方眼中就满含眼泪。韩庭长当即改变调解策略，以孩子为突破口，采用"共情"的方法向双方分析完整家庭对孩子健康成长的重要性。"原告，你看天都暖和了，孩子还穿着厚衣服，孩子离开妈能过得好吗？""被告，现在知道媳妇在家的重要性了吧！能不能改改你的坏脾气？"在韩庭长近三个小时的耐心劝导下，原告最终撤诉，夫妻二人同意尝试着重新开始。大家离开法庭时已是夜幕降临。双方的代理人都觉得这是案件最好的处理结果，而能有这样的结果，正是因为遇到了像韩庭长这样的好法官。

韩旭辉说："法院就是当事人说事讲理的地方，要想解决矛盾，得允许双方当事人把话说透。"是啊，这意味着尊重律师，保障当事人在诉讼活动中的主体地位及诉讼权利。也许正是因为他对律师的尊重和理解，与律师形成良性的互动，才会让众多律师对他有非常好的评价。

2016年7月，李静代理的一起房屋租赁合同纠纷案件，涉案房屋在马厂法庭辖区内的漳村某学校公寓楼里。双方因租赁合同到期后房屋装修是否需要进行补偿的问题而纠缠不清，问题久拖不决。原告无奈，只得提起诉讼。韩庭长是主审法官，法庭上双方各执一词，互不相让，无法达成调解意见。庭审结束后，他便组织双方当事人一起去了现场。他说要去实地看看，才更容易找到调解的突破口。这是李静没有想到的。

近些年，基层法官的年承办案件数量逐年递增，这种标的额只有几万元的小案件，案件基础事实清楚，双方合同约定明确，判决是结案的最快方式。但他说："我们手里最小的案件也是老百姓家里最大的事，老百姓来到法院，找到我们，我们就应该提供帮助，想尽办法，尽最大努力化解双方矛盾，真正做到案结事了。"看到韩庭长这么用心，作为代理人就更有信心去做当事人的思想工作，动员当事人在合理合法的范围内作出让步，推动调解工作顺利进行。仔细看过现场后，韩庭长心里有了底，摸透了双方当事人的真实想法，提出了具体的调解方案。经过几次沟通，最终双方在法庭的主持下达成一致意见。很快，被告在约定时间内自动履行了协议。正是因为韩庭长常常坚持到一线调查，才更容易找准问题的根源，摸清案件的真实情况，把一些看似没有机会调解的案件，通过调解方式结案。至今，那位当事人谈起这个案件的处理，还对韩庭长赞不绝口。

李静在代理案件过程中，常被当事人问，案件多长时间能够判下来？律师告诉当事人，一审一般最长六个月。2021 年 3 月，李静因为一起买卖合同纠纷再次来到马厂法庭开庭。韩旭辉是主审法官，案件开庭时间是 3 月 2 日。庭审五天后，当事人就收到了判决书。"真没想到这么快就收到了判决书！"当事人开心地给她打电话。双方都没有上诉，案件很快进入了执行程序。现在算来，那时的韩旭辉已经五十七岁了，作为一位老法官仍尽自己最大能力提高办案效率，因为他知道，判决一天不出，当事人悬着的心就落不下。

李静回忆，去马厂法庭立案或是交证据材料过程中，有时会路过韩庭长的办公室，会看见他戴着老花镜在办公桌前看案卷。就开玩笑说："韩庭长，您都是二十多年的老法官了，开庭再看卷也没问题啊！还用这样下功夫？"他笑着说："庭前准备很重要啊，我们只有研究清楚案情，才能在庭上提出更有针对性的问题，把案子审清才能判得公道。"

至今提起韩旭辉，李静还是心潮难平："审判实践中，律师打交道最多的是法官，法官接触最多的也是律师。在许多追忆韩庭长的文章中，'五先'工作法是他职业生涯的亮点，但对于我们这些和韩庭长打过交道的律师而言，就是一种真切的感受。我们都为这位好法官的突然离世感到心痛。偶尔翻看抖音，看到了韩庭长上传的作品，里面的视频、照片、背景音乐、配文都是那么的完美、协调，在他的抖音空间里，可以真切感受到他对美好生活的无限热爱。韩庭长的摄影水平非常高，真的不亚于专业摄影师。他上传最后一个作品的时间是 2023 年元旦，'送 2022　国泰民安山河无恙人间皆安　愿新年胜旧年'。我对他的抖音关注至今没有取消。几个月前去出差，在高铁站偶遇了韩庭长的老同事，潞州区法院的李薇庭长。在攀谈中，我们又不自觉地聊起了韩庭长，她讲述着同事多年相处的点点滴滴，讲述着突闻噩耗后的悲痛，讲着讲着已是泪流满面。斯人已逝，正气长存！韩旭辉法官虽然离开了，但众多像他一样的好法官依然奋战在审判岗位上。"

2020年8月25日，在霍家工业有限公司当电工的苏启文，被领导安排去污水处理厂维修电机，一直忙到傍晚7点，工作才算完成。苏启文骑着摩托车返回水厂时，孙云维驾驶一辆小轿车迎面驶来，双方均躲闪不及，结结实实地碰撞在一起，苏启文当场受伤。孙云维拨打急救电话，将苏启文送往长钢医院，经抢救无效死亡。

交警队、保险公司、霍家工业有限公司先后派人到达事故现场勘验，确认了孙云维负主要责任并承担相应的赔偿责任，霍家工业有限公司也确认了苏启文是在工作时间内受伤死亡。

孙云维、保险公司、霍家工业有限公司都对苏启文的家属进行了赔偿。

2021年1月19日，苏启文的妻子和儿子（王艳红、苏浩然）把苏启文的父母（苏向军、张雪静）告上了法庭，请求法庭对苏启文的赔偿金进行分割。

2021年3月1日，此案开庭审理，原被告双方和代理律师早早地进入审判庭，等待开庭。

韩旭辉进来，没有坐到审判长的座椅上去，而是坐到了旁听席上，就坐在大家中间。如果不是那一身法官制服，你还会认为他是一个旁听者。

原被告双方的代理律师共有四位，原告的代理律师成毅，带着一位实习律师张巍腾；被告的代理律师邢碧瑜，带着一位实习律师耿凡。

两名实习律师很奇怪，这位身穿法官服装的人怎么坐在了旁听席上？那可是原被告双方亲戚朋友的座位。

成毅和邢碧瑜都是经验丰富的律师，代理过的许多案件都是韩旭辉审理的，自然是知道韩旭辉的习惯，在很多民事纠纷案件中，韩旭辉总是坐在旁听席上，没有审判席那种高高在上的威严庄重的光环，而是像前来加油助阵的亲戚朋友一样听当事人发牢骚吐心声，从各种细节小事当中捕捉当事双方的心结和痛点。

开庭时间到，各就各位，韩旭辉才穿上法袍走上审判席，一套既定程序走下来，进入法庭调解阶段，韩旭辉询问双方是否接受调解。双方都同意调解后，韩旭辉宣布休庭，择日调解。随后，他让双方的律师明天下午到他的办公室一趟。

当事双方离去，双方代理律师各自返回途中，实习律师按捺不住心中的好奇，向韩旭辉打听案件的走向。作为实习律师，这是他们积累经验的重要机会。

成毅、邢碧瑜也没有隐瞒，告诉她俩，下午去韩旭辉的办公室，估计是调解前的预先调解。案件中，原告之一苏浩然是死者的儿子，只有十岁，他是这个案件的关键，甚至可以说是法官的逆鳞。

两位律师又分别交代实习律师，韩旭辉庭长对待律师的态度十分友善和尊重，他经常和律师们说，咱们都是法律工作者，都是为了维护法律而工作，律师代表当事人，而法官是为当事人服务的，律师和法官不是对手，而是朋友，是为了实现共同目标的合作伙伴。

在实际行动中，韩旭辉庭长也是这样做的，真正做到了尊重律师。法庭上，律师发言，韩旭辉从来不打断，哪怕庭审时间因此延长他也毫无怨言。韩旭辉还告诉他的同事们，律师说话，就代表当事人说话，你必须让律师把话说完，把话说透，把诉求表达充分，这是法律赋予律师和当事人的权利。尊重律师，就是尊重当事人，就是尊重法律，也是尊重我们自己的职业。

第二天下午，两位律师来到了韩旭辉的办公室。

看上去，韩旭辉神态十分憔悴。他们不知，韩庭长高烧已经好几天了，白天上班，晚上由妻子韩鞠萍陪着在小区附近的一个诊所打点滴。

韩旭辉沉默了一阵，才开口说话。

"这起案件中，没有任何人做错事情，涉及的每一个人，都在尽全力去履行自己的责任。

车祸发生后，保险公司根据肇事司机孙云维的车辆保险进行赔付，金额是四十一万元。这个金额有点低，但车辆的保险就是这么多。孙云维个人又拿出十九万元赔付给了苏启文的家属。他即便不出这笔钱，有保险公司的赔付，他也能说得过去，但是他给了。

霍家工业公司现场勘验后，确认苏启文是因工伤亡，事后对苏启文的家属进行一次性赔付，金额是八十四万多元，另外还追加赔付了一笔三万六千多元的丧葬费。霍家工业公司是一家民营企业，在对待员工方面有着足够的诚信和人文关怀。

我侧面问了一下那家公司，人家说，苏启文应该6点半从污水处理厂返回水厂，提交抄表数据后下班，但他7点才离开污水处理厂，证明他多工作了半个小时，证明他加班了，至于为什么偏离厂区，是因为厂区里正在修路，职工选择从厂区外的乡村公路走，是厂里给职工造成了麻烦。

社保部门也及时跟进处理此事，按月支付给苏启文的儿子供养亲属抚恤金。

孙云维和霍家工业公司的赔付金都给了苏启文的父母，也就是被告。保险公司的赔付款已经打到孙云维的赔付账号上，因为原告要求分割，所以保险公司不知道这笔钱该给谁转过去，是转给苏启文的妻子，还是转给苏启文的父母？保险公司正在等待审理结果。

苏启文的父母拿到赔偿金后，没有和苏启文的妻子、儿子分割这笔赔偿金。他们不是不想分割，而是有难言之隐。

站在他俩的角度去看这件事情，苏启文的妻子今年三十一岁，丈夫去世了，以后改嫁不改嫁？铁定得改嫁吧，并且任何人都不能阻拦，也不会阻拦。改嫁后，她会不会带着苏启文的儿子和继父一起生活？大概率会吧。孩子会不会受委屈？会不会受虐待？苏启文的妻子拿到的赔偿金，会不会被哪个男人骗走？她会不会还要再生孩子？再有孩子后的花销会不会从赔偿金里往外拿……可这些话他们老两口说不出口。

昨天我在旁听席上听了老两口的一些牢骚，开完庭，我又分别和他们聊了聊，确认了他们的想法。

老两口今年都是五十六岁，刚失去他们的儿子，眼看着孙子要随着娘嫁人，心里很难受，他们能做的，只是尽他们的努力，用他们能想到的最好的办法，和儿媳妇交涉，谈条件，目的是保护他们的孙子。

老两口也说了，他们也有劳动能力，也有点积蓄，养老没问题，分割到手的保障金给谁留着？还不是给孙子。

原告，苏启文的妻子也委屈，苏启文去世，他的父母难过，她不难过？她不是苏启文的亲人？爷爷奶奶心疼孙子，她不心疼儿子？她可是怀胎十月的亲妈，一手带大孩子，以后还要给孩子娶媳妇，还要帮孩子带孩子。苏启文刚去世，怎么就把自己当作外人了？怎么就断定苏启文的赔偿金会被自己挥霍，不会留给孩子呢？我自己的孩子我不亲吗？我自己的亲生孩子我会不负责任吗？"

韩旭辉叹了口气，继续说道："都没有错，包括你们两位律师。站在你们律师的角度，拿了委托人的酬劳，必须维护委托人的权益，不管你们从哪个角度哪些事情切入，去削弱对方谈条件的资格和价码，我都能理解，你们做的这一切，都是为了对得起委托人的酬劳，不赚昧心钱。这是你们的职业道德和素养。"

韩旭辉叹了口气，沉默了好一会儿，又说话了："老韩我审理案件，不怕坏人，就怕好人。这起案件中，所有的人，都是好人，所有人的行为，都是好意。说句实话，审理这起案件我是战战兢兢，如履薄冰，我怕辜负任何一个人的好意。所以呢，老韩请你们二位多劝劝当事人，打官司不一定非要拼个你死我活，不一定非要有个谁对谁错的结果，调解前引导当事人尝试着去理解对方，放下过去。把案件调解好，最后皆大欢喜，也是律师的职能。当事双方委托你们律师来打官司，说明当事人信任你们，当事人和律师之间是依赖关系，在调解案件中，这种依赖和信任，是良好的润滑剂，对案件能否调解成功至关重要。而这恰恰是法官起不到的作用。"

韩旭辉又交代了律师一些注意事项，拜托双方律师去做当事人的工作。

3月18日，当事双方和委托律师来到马厂法庭进行调解，由韩旭辉主持。

书记员感觉到韩旭辉似乎有点紧张。

调解开始后，出奇得顺利，这当然是律师听了韩旭辉的话，回去后苦口婆心地做工作的成果。

当事双方很快达成协议，所有赔偿金，除了已经开销的三万元丧葬费外，额外分割出八万元给苏启文的儿子作为生活费，剩余的赔偿金平均分为四份，苏启文的父母、妻子和儿子每人一份，其中苏启文儿子的一份存入银行，等他年满十八岁后自行支配。

社保部门按月支付的抚恤金，由苏启文的妻子代为保管，用于她儿子的日常生活开销。

调解书中有一条特别重要的内容：在不影响孩子正常学习的情况下，爷爷奶奶可随时探望孙子。

对此结果，双方都很满意。

调解结束后，韩旭辉悄悄松了口气，和书记员小声说，这是他审理的最揪心的案件之一。

涉及多名当事人的一起交通事故案中，路严明是其中一名代理律
师。当天开庭时，他发现韩庭长面色略显疲惫，看起来有些精神不济，
但还是一如既往严谨细致地完成了庭审。事后在两人闲聊时，路律师才
知道，开庭前一天晚上韩庭长的父亲因重病住院，韩庭长在医院陪护了
一整晚，担心临时改期会给当事人和律师造成不便，第二天早上他一夜
未眠直接从医院赶来开庭。

吴建峰律师代理了一起压力容器的租赁合同纠纷案，标的300多万
元，韩庭长是该案的主审法官。当时，原告是一家老兵工企业，该企业
将压力容器租赁给了河南的两家企业，但在费用结算上双方出现了分
歧。韩庭长对法律精通，对压力容器可是个门外汉，为了能够摸清楚案
情，做出公正裁决，韩庭长专门买了压力容器的相关专业书籍进行研
究。在这家老兵工企业倒闭后，为了办案，还专程跑到河北邯郸，到兵
工企业的总公司去跟工程师讨教。在和律师沟通时，吴律师惊讶于韩庭
长对压力容器的专业熟悉程度，不禁问道："你当初干过这个行业吗？"
"我倒是在惠丰机械厂工作过，但没有接触过压力容器，我这是现学现
卖。"面对专业性较强的纠纷案件，法官的知识储备会出现盲区，"求知
学习，法官永远在路上。"韩旭辉和同事私下里这样说："法官虽然不是
全能的，但法官遇到自己不熟悉的领域，就要学习，哪怕是囫囵吞枣。
这样不仅对查明案件事实、把握案件真相有益，而且面对当事人和律师
就能无障碍交流，有利于解决纠纷。"

一个成熟、智慧的法官是十分注重发挥律师作用的。当事人聘请律
师，自然就对律师有了信赖乃至依赖的关系，其他人的话可以不听，律
师的意见他一般会洗耳恭听。这样，律师在案件调解方面就可以发挥
"独特"的作用。政商关系要"亲""清"，法官和律师也要既"亲"且

"清"。

律师和法官同属法律职业共同体,彼此血脉相连。"努力让人民群众在每一个司法案件中感受到公平正义"是律师和法官的共同追求。

律师和法官的职业使命中,都流淌着中华人民共和国法治精神的"标配血"。

迎　别

　　四面八方的人流都在向一处集中。现场鸦雀无声，每个人都心情沉重。

　　再过三个月，韩旭辉就要退休了。几位院领导不久前还开过碰头会，决定韩旭辉退休时给他举办一场隆重的退休欢送会。院领导还商量着等韩旭辉退休后返聘他留院指导民调工作，培训人民陪审员、书记员和立案员。这个岗位既能让韩旭辉发挥余热，时间安排上也会尽量合理一些。毕竟韩旭辉退休之后，工作强度不能再像以前那么大。可这事情还在筹划中，韩旭辉却突然辞世。

　　世事难料，天妒好人啊。韩旭辉从事审判工作以来，共计审理案件三千多起，没有一起案件的当事人上访。

　　作为法官，被当事人投诉是常见现象。在公检法系统中，法院因职能特性是最容易遭受议论的群休。客观来说，法官有时也属于弱势群体——除了面临威胁、恐吓、利诱、求情等情况，还有一种更隐蔽却冠冕堂皇的手段，那就是投诉。

　　庭审时，当事人认为对自己不利，甚至会当面告诉法官，我要向你们法院系统投诉你，这后半辈子一直投诉你，除非你的判决对我有利。或者向媒体投诉，花钱买热搜，形成舆论压力。法官虽不会被这些左右，但这会给法官带来精神上的无形压力。投诉会影响法官的声誉，这

身心俱入　杜先红/绘

是毋庸置疑。

司法实践里，一个法官要做到胜败皆服，是理论上的形而上、完美主义者的理想，委实难以做到，但韩旭辉做到了。

韩旭辉在法院工作二十七年，基层法庭工作十七年，他亲手办理了三千多个案子，从未被投诉过，实属罕见，也委实不易。

这不是一种偶然，也不是运气。水滴石穿，这三千多个案子的背后，有着怎样的玄机？一窥韩旭辉的办案理念和心血付出就不难得出答案。

人虽去，灯盏不灭。韩旭辉走后，他的同事，他所在的潞州区人民法院，根据韩旭辉生前的言行举止，一点一滴，归纳出一套"韩旭辉工作法"，层层上报，长治市中院、山西省高院、最高人民法院、市省政法委、中央政法委几经调研、提炼、升华、总结，中央政法委员会在审议"全国政法系统学习宣传韩旭辉同志先进事迹，向模范法官韩旭辉学习的通知"时，把它确认为新时代"马锡五式五先工作法"：

"先坐旁听席再坐审判椅。"这是"把屁股端端地坐在老百姓的这一面"的生动体现，蕴含了"用法律为百姓撑腰，让群众敢于为自己作主"的价值观和工作法。人民法官要牢记感受公平正义的主体只能是人民群众，要与当事人多沟通、多交流，了解真实诉求，让当事人充分说事讲理、打消顾虑，以赢得当事人对法官的信赖、对司法的信任。

"先敲农家门再敲小法槌。"这是坚持和发展新时代"枫桥经验"的生动体现，蕴含了源头预防、调解优先、诉讼断后的工作理念和方法。人民法官不能简单、机械地"坐堂问案"，就案办案、结案了事，要深入一线，实地走访调查，找准矛盾根源，查清案件事实，把实质解纷、服判息诉的工作做到位，努力实现案件审理"三个效果"的有机统一。

"先断家务事再释法理情。"这是让人民群众感受到中国特色社会主义司法温情的生动体现，蕴含了"公平公正是基础，释法说理是关键，人文关怀是更高要求"的审判理念和方法。人民法官要敏于把握民生利益诉求，把法理讲明白、把道理讲清楚、把情理说透彻，以求极致的精神做实定分止争，做实法理情相结合，把情和理融入依法裁判和调解工作中，做到既解开"法结"，又消解"心结"，让裁判更有温度，让当事人和社会公众体悟到司法裁判背后的法治精神、道德引领和共情共鸣。

　　"先摸准良心再倾听民心。"这是以"如我在诉"的意识做好司法审判这项"守心"工作的生动体现，蕴含了坚持为人民司法的职业良知、职业道德、职业操守。人民法官要饱含对人民群众的深厚感情，端正司法良心，倾听民心民意，设身处地考虑当事人的实际，真正把老百姓的难事当做自己的家事来办，最大限度地提高司法裁判认同度和公信力，实现双赢多赢共赢，真正把"守心"的工作做深做实，让人民群众真切感受到公平正义就在身边。

　　"先上公正轨再开效率车。"这是坚持公正高效办理每一起案件的生动体现，蕴含了直面困难挑战、提升审判质效的内在要求。人民法官要始终把确保司法公正、确保案件质量、确保裁判效果放在更重要的位置上，耐心细致地审理好每一起案件，在公正公道的基础上提高办案效率，让公正与效率可感可及，真正实现案结事了、政通人和。

　　他提出"将心比心，以心暖心""把案件判公，将人心调暖""如我在诉"的司法理念；他"再小的案子也是百姓的人生""小案件大民生"的司法哲学，根植上党大地太行之巅，"种子效应"在全国法官群体中生根发芽开花结果。

　　聚集在高速路口的人越来越多。除了穿制服的法官、法警，还有很多自发前来的群众，人人都表情肃穆而悲痛，心里难过而惋惜。

等待许久。灵车出现在人群的视野里。

灵车从高速公路驶下，缓缓来到人群前，人群瞬间静悄悄的，注视着灵车慢慢从身边经过。

亲属、朋友、领导、同事，韩旭辉审理过的案件当事人，闻讯而来的群众，现场偶遇的过客——相识与不相识的，熟悉与不熟悉的，都在此刻注目而视。车流渐渐汇集成长队，向着正东方老顶山的方向匀速前行。

山上有一座雕塑，是怀抱五谷的炎帝，目光如炬，正视着他的芸芸众生。

此刻既迎且别，涌在心头的痛楚、痛惜、悲伤、伤痛，又怎能仅用一滴滴泪水来承载与消散？

迎接既是送别，望不到尾的长长车队默默自发跟在灵车之后，一路前行，能跟多远，便跟着他走多远吧！

车窗里，一首伤感的歌飘向茫茫原野：

长亭外，古道边，
芳草碧连天。
晚风拂柳笛声残，
夕阳山外山。
天之涯，地之角，
知交半零落。
一壶浊酒尽余欢，
今宵别梦寒。
问君此去几时来？来时莫徘徊。

这一场永别，太行山低垂，漳河水呜咽。

"人生难得是幻觉。"郭涵墨抬起头，李晋安抬起头，马晨辉抬起头——啊，旭辉他还没有离开我们，还在我们身边，还在带领着我们勇往直前。

他是夸父，奔跑在一条有荆棘有坎坷的追光路上；

他是愚公，搬走了横亘在民众心头的一座座大山。

他是一团火焰，温暖了上党大地；

他是一盏明灯，高举在太行之巅。

他是追光者，最终成了光；

他是筑路工，最终成了路。

他是一只蚂蚁，身影永远拥抱着大地；

他是一棵小草，却要唱"大风起兮云飞扬"的壮歌。

头顶一轮太阳，心中有道亮光。旭日高照，与辉同行——这是一次新的出发，扬帆起航。

誓言有声，让我们一起鸣响汽笛，为中华人民共和国——人民法院的人民法官壮行！

2024年8月26日一稿

2024年12月6日二稿

2025年1月17日三稿

（文中部分人物系化名）